旅と酒と音楽と

私の人間探求

歌川亮介

東京図書出版

序言

江戸時代末期には幕府は欧州に使節や留学生を送って、西洋の先進文明を取り入れようとした。その後、明治政府が派遣した岩倉遣欧使節団は最も大規模であった。幕末以後は積極的に西洋の文物や制度を吸収しないと、もはや国が立ち行かなくなったのである。欧州を訪れた彼らは、相応に衝撃を受けたであろうが、パリやロンドンの街を走る車やガス灯、近代軍備などよりも、心ある人はオペラを観たり、美術館に足を運んだりして、西洋人の本当の恐ろしさを知ったはずである。国命によりロンドンに留学した夏目漱石も、深刻なカルチャーショックを受けて、鬱状態に陥った。彼は伝統ある西洋と比べて、日本人の浅薄な西洋の物まねにも嫌気が差した。また、ロンドンの格差社会にも失望した。近代文明が必ずしも人間を幸福にしないことに気付いたのである。

その後、世界は二つの世界大戦を経験して、西洋文化は没落するのであるが、東洋人である我々も、彼らの葛藤に共感し、同じ渦に巻き込まれざるを得ないのである。さらに、冷戦とそれに続く新冷戦の危機は、直接日本の存亡に関わる事態である。しかし、人類が将来どのような歴史を歩むにしろ、我々は生きている限り、自分に相応しい活動を続けるより他に道はない。

我々が西洋の研究をしていて、しばしば茫然と立ち尽くすことがある。ギリシャ・ローマ時代から、ルネッサンスを経て、近現代に至るまでの膨大な成果を学び尽くすには、人生はあまりに短いからである。

しかも西洋一辺倒では、人間を研究する学問としては不完全である。少なくとも、ゴータマ・ブッダが生存した頃のインド、春秋戦国時代から明の時代の中国、および日本文化は外すことはできない。西洋を知ることによって東洋を知り、東洋を知ることによって西洋を知る。現代ではそれが欠かせない作業である。原始仏典に見られるブッダの言葉、『論語』の孔子の言葉、『碧巌録』に記された禅僧の言動、芭蕉の俳文や広重の浮世絵なども、西洋の思想、宗教、絵画を知ることによって、その真価がわかるような気がする。

膨大な人類史の中で最も我々に必要なものは何か。それを考えることは極めて重要である。そのためのヒントや考察を書き残しておくのは、将来の若い世代にとって無意味ではないと思う。

本書の内容は西洋および東洋の文化、書評、旅の楽しみ、日本の美しい風景の紹介などが主である。特に西洋音楽は、奇跡とも言うべき貴重な人類の遺産として、我々は重視し、尊敬している。その本質を見極めようとすると、かなりの労力と時間が必要である。我々の苦労や葛藤が若い世代に受け継がれるか、それは今の時点ではわからない。それでも何らかの役に立つのではないかと思い、本の形で残しておくのである。本書が日本人にとって良き読み物となることを願っている。

旅と酒と音楽と——私の人間探求◇目次

一、日本の現状について

日本は正しく運営すれば、非常に良い国になるはずである。国土は美しく、伝統文化を持っているし、国民は勤勉で技術も優れている。治安が良くて住みやすい。天災が多いのが悩みの種だが、それなりに被害を少なくする努力をするしかない。ただ、地政学的には極めて険悪な位置にあり、高度な政治手腕が要求される。アメリカと中露の覇権争いの前線にあり、北朝鮮のような無法国家が近くに存在する。また、隣国の韓国は、永遠に日本に敵対し続けるであろう。日米同盟は言うまでもなく重要であるが、アメリカ追随が非常に危険であることを知らない人があまりに多い。例えば北朝鮮の件でも、日本の指導者はアメリカという虎の威を借りて、北朝鮮に敵意をむき出しにしてきた。そのため情勢が変わって対話が必要になっても、お互い敵意が強すぎて交渉できそうにない。二国間で解決すべき問題を、アメリカ大統領に解決を依頼する始末である。

自衛隊を海外の戦争に参加させる試みは、大義のないアメリカの戦争に、自衛隊が先兵として駆り出されることを意味する。その結果、多くの戦死者を出し、せっかく治安が良かった日本に、テロが頻発するようになるだろう。まさに亡国の政治である。過去を見ても、日本がべトナム戦争やイラク戦争に、直接戦闘に参加しなかったのは誠に幸いであった。国際平和維持活動への参加は、やむを得ないと仮定しても、法整備が不十分なため、自衛隊員が危険に晒される。ここにも人命軽視が目につくのである。

昭和40年代から日本は土建国家になった。一時期日本の公共事業費の総額は、G7の残り6カ国の公共事業費の合計よりも多かった。最近の公共事業費は半分近くに減ったが、他の先進国よりは相変わらず多い。問題は維持費がかさむだけで、経済効果が低い物を建設することにある。その一方、「OECDデータ2018」によると、大学にかける公金は、大学生一人当たり日本はドイツの44％、フランスの50％、アメリカの62％である。最近科研費は増えてはいるものの、大学の研究費がさらに減らされた上に、成果主義に走り、もはや将来日本人からノーベル賞は出ないだろうと言われている。税金の使い方が全く後ろ向きである。

この時期に東京オリンピックなど手を挙げるべきではなかった。その前にする事があるだろうと、多くの国民は気付いていても、国策を変えることはできない。東京オリンピックのために、建設資材は高騰するし、建設作業員が東京に吸い寄せられ、東北の復興の足を引っ張っているのである。熊本でも、大工が不足して家もすぐには建てられないという。熊本地震から3年になるが、復興はあまり進んでいない。日本の政治家が日本全体を見ずに、自分たちとその仲間に都合の良い事だけ進めるから、こういう結果になる。東京には直下型の大地震が近い将来、来ることが解っているのに、東京の一極集中を進めているのは、明らかに日本を滅亡に導く行為である。

リニア中央新幹線にしても、本当に必要かどうか、安全性、経済性、環境への影響はどうか、トンネル工事の残土をどうするのか、国民的議論なしに工事が進められようとしている。これらのことは、日本の政治形態が「議論による統治」ではなく、「慣習による統治」であることを示している。つまり前近代的な政治であることを意味する。明治維新後150年を経て、いまだに政治が近代化されていないというのが日本の実情である。もちろん国民の側にも責任があるのは言うまでもない。ドイツではリニア高速鉄道も原発も国会で議論して中止したのである。果たして日本は議論による統治が可能な国に成熟できるのであろうか。

原発は津波が来なくても、震度6の揺れで、機器が損傷したり、配管が外れたり、核燃料を冷却できずに爆発する可能性がある。柏崎や福島でその事実が明らかになっても、何事もなかったかのように原発を再稼働する。西日本でもう一度原発が破裂すれば、日本はおしまいである。西風で日本中が放射性物質によって汚染され、今度こそ諸外国にも相手にされなくなるだろう。政府が原発にこだわったために、それに関わった重厚長大企業が没落し、一方、再生可能エネルギー分野は立ち遅れ、日本が経済的に衰退する一因となっている。国策の誤りが経済を低迷させる好例である。

また、国民国家というのは自由な国民の集まりであるべきである。収入が少ないために結婚もできない国民が多いようでは国民国家とは言えない。ソ連邦崩壊後、共産主義を恐れなくてもよくなり、その結果、悪しき資本主義が帰ってきたのである。そのため人口減少に歯止めが利かなくなった。新自由主義というのは野蛮で残酷な制度であり、それによって多くの矛盾が噴出したのである。具体的には、賃金の抑制である。グローバリゼーションが、決して人類を幸福にしないことを早く知るべきである。

　アメリカは安全保障上欠かせない相手であり、日本はその属国であり続けるであろう。しかしアメリカのグローバリズムには一歩下がって接すべきである。国家（文化）の多様性とグローバリズムとは両立しないからである。近年の「種子法の廃止」、「カジノ法案」、「高額の武器の購入」などは、すべてトランプ大統領の支持母体を喜ばせて、国民を不幸にする政策である。「水道法の改正」も、「改正国有林法」も外国の企業を利するだけで、日本人のためにならないことは明白である。その結果、国益の損失と国土の荒廃だけが残るであろう。「種子法の廃止」によって、日本の農家は全てアメリカのハゲワシのような企業に駆逐され、消滅するであろう。メキシコ、ブラジル、オーストラリア、イラクなどでは、すでにそうなってしまっている。グローバル企業がいかに危険で野蛮な侵略者であるか、日本人は早く知るべきである。アメリカがある国を植民地にするために、軍隊は要らないのである。グローバル企業が農業を支配すれば良いのである。極めて知性を欠いた幼稚な指導者に国を任せておくと、どのような結果になるか、日本人は思い知ることになるだろう。

　多くの日本人が自分でものを考え、批判的な視点を持つべきである。多くの国民が知恵を出して将来を変えていかないと、日本の滅亡は避けられないだろう。最近の日本人の劣化は看過しがたい。このままでは日本は滅びる、という危機感を持っている人は多いだろう。しかし何をどうすれば良いか、指針を示すことができる政治家はいない。こんな愚かな国は滅んでも仕方がないと、国民が諦める前になんとかならないだろうか。文化は政治経済が安定した時代に栄える。そのためにも、日本の再生と繁栄を願うばかりである。

【参考文献】

⑴ ヨハン・ガルトゥング『日本人のための平和論』ダイヤモンド社、2017年
⑵ ジョン・W・ダワー、ガバン・マコーマック共著『転換期の日本へ――「パックス・アメリカーナ」か「パックス・アジア」か』NHK出版新書、2014年
⑶ 橋山禮治郎『リニア新幹線――巨大プロジェクトの「真実」』集英社新書、2014年
⑷ 樫田秀樹『リニア新幹線が不可能な7つの理由』岩波ブックレット、2017年
⑸ 三谷太一郎『日本の近代とは何であったか』岩波新書、2017年
⑹ 西尾漠『原発事故！』七つ森書館、2018年
⑺ 原子力資料情報室編『検証　福島第一原発事故』七つ森書館、2016年
⑻ 水野和夫『資本主義の終焉と歴史の危機』集英社新書、2014年

(9) エマニュエル・トッド、ハジュン・チャン、柴山桂太、中野剛志、藤井聡、堀茂樹『グローバリズムが世界を滅ぼす』文春新書、2014年
(10) 堤未果『日本が売られる』幻冬舎新書、2018年
(11) 六辻彰二『日本の「水」が危ない』ベスト新書、2019年

二、GDP、軍隊、オリンピック

ある国民のプライドというものは、実に奇妙に感じられる。ソ連邦崩壊前は、共産国ではオリンピックが国威発揚に利用された。私はこの国威発揚という言葉が大嫌いで、粗悪な価値観に嫌気が差すのである。大方の国民のプライドというものは、GDPが高い、最強の軍隊を持っている（戦争に強い）、オリンピックで金メダルを何個取った、などの類いである。このような粗悪な価値観によって、しばしば戦争に発展したのではなかったか。オリンピックで、自国の選手が勝てば、喜ぶのは自然な感情であろう。それを国威発揚に利用する料簡が気に食わない。

例えば、ポーランドという国はショパンの祖国であるというだけで、世界中から一目置かれる。中国だって過去の漢民族の文化がなかったら、恐怖と嫌悪感の対象になるだけの国である。ロシアの歴史の本質は、ヨーロッパとアジアにおける周辺民族への圧迫である。ロシア人はしかしそんなことを想わず、「大いなるロシア」とうそぶくのである。それは周辺民族にとって、決して快いことではない。しかし、チャイコフスキーの音楽やチェーホフの短編があるだけでも、ロシア民族は周辺民族の嫌悪感をかなり免れているのである。ある民族の値打ちとは、そんなものであろう。もちろん現在の共産党の中国は、かつての文化を生み出した漢民族とは本質的に異なる。それは現在のギリシャ人が、古代ギリシャ人と異なるのと同様である。

自国が最高であるという人は、無教養のために、他民族の文化の偉大さを知らないのである。私は国威発揚と同じくらい世界制覇という言葉が嫌いである。前者は中身のないハリボテ国家のこけ威しで、後者は無教養な指導者の下品で身の程知らずの妄想である。

未熟な愛国心も似たような条件で生じる。

戦前の日本は天皇のために命を捨てることが愛国心とされた。しかし実際は当時の権力者に忠誠を誓うことが愛国心であった。そのために多くの若い人が、大義のない戦争のために命を落とした。ナチスの場合はヒトラーに忠誠を尽くすことが愛国心とされ、少年兵に至るまでが全滅するまで戦えと命令された。戦後祖国を再建するのに必要な若い人を死なせるのは、それこそ愛国心がない証拠である。

私は愛国心とは祖国の風土と文化を愛し、子孫に無条件の好意を持つことだと思っている。例えば、美しい自然を経済活動のために平気で破壊するのは、愛国心がない証拠である。公金を私物化したり、子供達に醜い利己主義を公然と見せつけたりするのも、愛国心がないからできるのである。冗漫経営で国の借金を増やし続け、将来の子孫に負の遺産を平気で押し付けるのも、愛国心がないからできる。日本の国土や水源が外国資本に侵食されても、何もしない政治家は、間違いなく愛国心を欠いている。愛国心とは創られた権威や時の権力者のために命を捨てることでは決してない。

愛国者ぶって、その実、国を滅ぼす者は最も嫌われるべきである。多くの国民の意識が変われば日本はもっと良い国になると思われる。しかし残念ながら日本には個人主義が根付かず、思考が停止して全体主義に陥りやすい。従来の教育が子供達を型にはめて個性を潰し、既成の権威（迷信）を押し付け、自由を奪い、自分で物事を考えられないようにしているのではないか。無能な教師は、子供達が同じように行動しないと気に食わない。個性のある子供を見ると、反感を感じて迫害する。実際、教師がいじめを先導していたことが発覚している。しかもそれは氷山の一角かも知れないのである。

民主主義が最善ではないにしても、独裁主義や全体主義よりは、はるかにましである。全体主義は思考が停止した大衆が支持する。その意味でも教育は大事である。

三、明治という国家と現代

歴史は戦勝国が創ると言われるが、幕末明治の歴史は確かに官軍が創った歴史である。司馬遼太郎氏の著作を見ていると、明治維新と明治時代を賛美し、日露戦争に勝ってから太平洋戦争終結までが異常な時代であったと書かれている。有名な司馬史観であるが、最近次々と疑問が呈されている。つまり明治以後、昭和から現代に至るまで、一貫して同じ欠陥を持った政府であったのではないかということである。私も明治維新は革命ではなく、軍事クーデターであったという考えに賛成する。人文主義や個人主義の尊重などの理念に基づいて起きた革命でもなく、尊皇攘夷というイデオロギーによって生じた政権だからである。薩長が幕府を批判したのは、攘夷を決行しないからであった。尊皇であることは勤皇も佐幕も同じであった。このままでは日本は植民地にされて、滅びてしまうという危機感も共有していた。その時代は、開国して近代国家を創るのが正しい選択で、攘夷などとんでもない妄想にすぎない。しかし新政府は成立した途端に開国に方向転換するのである。日本人をペテンにかけたようなものであった。そして富国強兵だけを推し進める野蛮な政府になった。人材にもこと欠き、旧幕臣を沢山登用せざるを得なかった。つまり新政府には徳川幕府を倒した後の、国の青写真も理念もなく、単に武力によって政権を奪取しただけであった。官軍が創った歴史では、幕府は無能であったと言われているが、実際には有能な官吏が沢山いた。外交も立派にこなしていたようである。不平等条約は誰が関与しようが、当時の国力の違いを考えるとやむを得ないことであった。その間、薩長が何をしたかというと、攘夷を叫び、外国人を殺傷したり（生麦事件）、外国船を下関で砲撃したり（馬関戦争）、京都でテロ活動をしたり幕府の足をひっぱり続けたのであった。池田屋騒動は、祇園祭に乗じて京の街に火を放ち、御所を襲撃して天皇を誘拐して、山陰に落ちようという計画が発端であった。当時指導的な立場の勤皇の志士たちが、そんな賊徒の行為を本気で考えていたのである。維新の三傑と言われた木戸孝允もその一人である。外国船を下関で砲撃したために、列強に日本に侵略する口実を与えた。それで幕府が後始末に苦労した。結局、馬関戦争の賠償金は幕府が支払った。長州は、しかも同時進行で禁門の変も起こした。御所に向けて大砲を放ったのであるから、立派な朝敵としての行為である。

戊辰戦争では、新政府に恭順を示していた会津藩に無理に戦争を仕掛けた。会津で長州人は、現代のシリアにおけるＩＳと同じように、殺戮、略奪、強姦など暴虐の限りを尽くした。その戦争犯罪は裁かれることもなく、忘れ去られようとしている。会津藩人を不毛の斗南に押し込めて虐待した。とても文明国がすることではない。その他、神道の国教化、廃仏棄釈、キリスト教徒の弾圧、城の取り壊し、ブナの伐採など多くの愚行を重ねた。果ては日本文字を排してローマ字を使えという者まで出た。

西洋の真似をして大陸に侵略して行ったのは長州人の特徴である。この島国から西洋文化も理解せずに、世界に冠たらんとしたのは笑止なことである。後の太平洋戦争は避けるべき愚かな戦争であり、国益を考えると、してはならない戦争であった。たとえアメリカが日本を暴発に追い詰めたとしても、戦争をするべきではなかった。その以前に国際協調政策を取るなら、中国本土への野望は捨てるべきであった。せいぜい満州国で止めておけば、米英と衝突することもなかったであろう。当然ハル・ノートが突きつけられることもなかった。そもそも中国大陸に兵を展開していることに大義がないからである。列強が中国における権益を追求していたからと言って、日本の大陸における行為は正当化できない。つまり欧化政策一辺倒の薩長の政権が太平洋戦争に邁進《まいしん》したのである。長岡藩や東北諸藩の出身者は開戦に反対であった。絶望的な戦争を止めることもできずに、若い人を沢山無駄死にさせた罪は重い。戦後日本が、日本人に対する戦犯を裁かなかったために、戦前の体質がそのまま戦後に受け継がれた。

また戦争の仕方も、明治から昭和にかけて一貫して人命軽視であった。日清戦争では戦死者よりもコレラで死んだ人数の方が多く、約10倍であったという。防疫のための努力をしなかったからである。日露戦争の戦死者は12万人であった。中でも旅順で6万人もの死傷者を出した。これはロシアが猫一匹通れないような火網を敷いている中を、兵士に白兵突撃させたからである。いわば兵士たちを屠殺場に駆り立てたようなものであった。太平洋戦争では兵站《へいたん》を無視したために、戦死者のほぼ7割が南方での餓死であった。東京大空襲では軍部が民間人の疎開を禁じたという信じられないことが、証言によって明らかになっている。要するに、明治から一貫して人命軽視、人権無視の政権だったのである。言論の封殺も日常的に行われていた。

言論の自由がなく、憲兵がいばってすぐに市民を逮捕したり、軍部が勝手に戦争を始めたり、そんな戦前の日本に戻したいという現首相も長州人である。主権在民を廃して、天皇主権にしたいそうだが、実際は平成天皇を軽んじており、天皇陛下の平和主義を嫌っていたのである。ただ単に天皇の権威を利用して独裁政治をしたいだけである。いつの時代も愛国者ぶって、その実、国を滅ぼす者が最も醜悪なのではないか。現首相は議会制民主主義を否定しているのであるから、国会で国民に真摯に説明するはずがない。

長州人の師、吉田松陰の過激思想が『幽囚録』に残されていた。武備を調えて、サハリン、カムチャツカ、朝鮮半島と満洲、台湾からボルネオ、ルソン島まで征服してしまえ、と言うのである。それをしないと日本は衰退すると言うのである。長州人の弟子達が後に大東亜共栄圏と称して侵略していった版図とあまりにも似ている。明治から昭和前半にかけての日本の国家膨張主義は、彼が発端であると言って良い。その意味では、吉田松陰という人は日本にとって、とんでもない厄災以外の何者でもなかった。

吉田松陰の主著『孫子評註』を見ると、

「物資は自国で賄うが、兵糧《ひょうろう》は敵国に依存する。だから長期戦になっても、軍の食糧は足りるのである。」

というのがある（もちろん『孫子』の原本にも書かれている）。松陰の弟子たちが当然読んでいたはずである。後の太平洋戦争で兵站を無視したのは、あるいはこの辺りが源なのかも知れない。ただ、中国の肥沃な中原と、不毛な南方の孤島とを取り違えたとしたら、あまりにも残念すぎる話である。それでいて、

彼《か》れを知り己を知らば、百戦して殆う（あやう）からず

という孫子の最も基本的な言葉を学んでいない。米英と日本の国力を比較すれば、戦争などできるはずがない。精神——というより根性で戦争に勝てると思い込んでいた狂信的な集団であった。

ロシアの侵略に対抗するために、朝鮮半島を占領するべきだという考えは、大義がない。朝鮮半島を占領しても、朝鮮の人心が日本になびくはずがないからである。朝鮮を占領した日本は、周りが全て敵という状況になる。（牧俊太郎『敗戦日本は明治を総括したか』文芸社、2018年）

ただ、短期間で近代化を成し遂げた明治の人たちには敬意を払わざるを得ない。特に国の代表として留学し、文明を持ち帰った人たちは立派であった。大久保利通の内務行政も一部評価されて良いであろう。その功績は認めるとしても、明治政府の国家膨張主義が問題である。資

本主義は植民地政策と表裏一体であると信じ込んでのことかどうか不明である。国家膨張主義は、たとえロシアを意識したためとは言え、正しい選択ではなかった。せめて米英と衝突しない範囲にとどめておけばよかった。そもそも石油を82％も輸入しているアメリカと戦争などできるはずがなかった。

明治維新が無くても、幕府はうまく危機を乗り越えられたか、それは難しい問題であるが、何とかこなせたのではないか。越前藩の横井小楠や紀州藩の津田出、幕臣の西周、勝海舟、小栗忠順のような開明的な人もいた。幕府の財政が苦しく、制度疲労もあったし、身分制度を廃して国民国家を創るには相当の困難を伴ったであろう。しかし少なくとも、吉田松陰を信奉して大陸や南方に侵略しなくても、独立国家を保てたのは確かである。当時の欧米の文書によると、日本を不平等貿易によって利益を得る相手と見ており、植民地にしようという記載は見当たらない。

ともかく薩長の政権は太平洋戦争で一旦、日本を滅亡させたのである。空襲で多くの民間人が死亡したり不幸に陥ったりした。戦地では兵士の多くが餓死した。補給を全く無視した結果である。それほど人命軽視の政府であった。沖縄では民間人を含めて多くの死者を出した。果ては原爆投下である。せめて1年早く戦争を終わらせれば、これらのほとんどが避けられたのである。しかも東アジアにおける日本の不利な立場が、現代でも改善されない。日本人の末裔まで負の遺産を背負わされたのである。冷戦の激化に伴って、アメリカは戦前の日本の指導者に寛大な処置をした。そのため、戦争を反省していない勢力が、戦後も脈々と続いているのである。

冷戦があったから、アメリカが日本の経済を立ち直らせて、アジアにおける共産主義に対する防波堤にした。結果的に、今日の日本の繁栄につながったのである。もしも冷戦がなく、アメリカに見放されていたら、日本は自力でどこまで復興できたか、貧困を克服できたか全くわからない。当初アメリカの首脳は、日本とドイツは国土を狭め、食糧を与えず飢えさせて、人口を4000万～5000万人くらいに減らせと言っていた。

戦後、日本は曲がりなりにも民主主義国家として再出発した。しかし個人の自由と尊厳が十分護られているとは思えない。最近、自由が日本を駄目にしたという論調を見かけるようになった。だから自由を無くせというのである。自由というのは元々理性や倫理観に基づいており、自由が社会を乱すなどというのは、あり得ない話である。成熟した大人になれなかった幼稚な人たちが、日本の政治の中枢部を占めているのである。彼らの無教養と幼児性は実に醜怪である。しかもほとんどの能天気な日本人はその事実に無関心である。

一見、民主主義の日本が全体主義になるのに、さして困難はなさそうだ。ナチスも民主的な選挙から独裁政権を樹立した。日本人は自分でものを考えることができない人が多い。教育も悪い。子供達は自然に触れたり、遊びを工夫したり、本を読む代わりに、塾通いし、屋内にこもってスマホで遊ぶ。人類の歴史や文化に何の関心も持たない学生が、受験競争を勝ち抜いて日本のエリートになる。無能な教師は子供達の個性を潰し、全体主義に寄与する。あとは政権が言論を封殺すれば全体主義の準備完了である。

ここ数年の間、政府は「特定秘密保護法」、「共謀罪法」、「安全保障関連法」など全体主義のための法律を、着々と成立させた。教育勅語を復活させようとしているのも、戦前回帰のための布石である。全体主義は深くものを考えられない大衆が支持する。そのためには虚論が必要となる。高度な思想は要らないのである。ナチスの場合は反ユダヤ主義と、アーリア人の生物学的優生という虚論で大衆を引き寄せた。日本の場合は、日本は神の国である、日本人は優秀である、日本人は忠良な民族である、戦前・戦中の日本人の行動は正しかったなどといった虚論によって、思考の停止した大衆を引き寄せるのであろう。

インターネットが普及して、色々な意見が出ても、結局は自分と同じ意見しか受け入れられない人が多い。それがつまり思考が停止した大衆なのである。将来経済が破綻してハイパーインフレーションになったり（資産の極端な目減り）、政府が国民の預貯金を凍結（つまり国の借金を補填するために預貯金を召し上げ）したり、食料難に陥ったり、社会が混乱した時に、全体主義が跋扈《ばっこ》する危機が訪れる。その時、戦前の亡霊が蘇るかも知れない。

【参考文献】

(1) 司馬遼太郎『竜馬がゆく』文藝春秋、1998年
(2) 司馬遼太郎『翔ぶが如く』文春文庫、2002年
(3) 司馬遼太郎『坂の上の雲』文春文庫、1999年
(4) 司馬遼太郎『明治という国家』日本放送出版協会、1991年
(5) 原田伊織『明治維新という過ち』毎日ワンズ、2015年
(6) 原田伊織『官賊と幕臣たち』毎日ワンズ、2016年
(7) 原田伊織、森田健司共著『明治維新――司馬史観という過ち』悟空出版、2017年
(8) 牧俊太郎『敗戦日本は明治を総括したか』文芸社、2018年
(9) 渡辺京二『近代の呪い』平凡社、2013年
(10) 白井聡、カレル・ヴァン・ウォルフレン共著『偽りの戦後日本』角川学芸出版、2015年
(11) 三谷太一郎『日本の近代とは何であったか』岩波新書、2017年
(12) 浅田次郎『日本の「運命」について語ろう』幻冬社、2015年
(13) 坂本多加雄、秦郁彦、半藤一利、保阪正康共著『昭和史の論点』文春新書、2000年
(14) 山内昌之、佐藤優共著『大日本史』文春新書、2017年

(15) 岡部牧夫、荻野富士夫、吉田裕編『中国侵略の証言者たち』岩波新書、2010年
(16) 吉田裕『日本軍兵士――アジア・太平洋戦争の現実』中央公論新社、2017年
(17) 森田吉彦『吉田松陰「孫子評註」を読む』PHP新書、2018年
(18) 浅野裕一訳注『孫子』講談社学術文庫、1997年
(19) クラウス・ハープレヒト『トーマス・マン物語Ⅲ』三元社、2008年
(20) ハンナ・アーレント『全体主義の起原3――全体主義』みすず書房、2017年
(21) 仲正昌樹『悪と全体主義――ハンナ・アーレントから考える』NHK出版新書、2018年

四、ドイツ第三帝国の音楽家と戦後

第三帝国のドイツで芸術家がいかに生き延びたか、興味ある話である。帝国の中枢に取り込まれたリヒャルト・シュトラウスとウィルヘルム・フルトヴェングラー、亡命してナチスを非難し続けたトーマス・マンはその両極端であった。

リヒャルト・シュトラウスはドイツの帝国音楽院総裁に任命されたが、ナチスには収容所行きにならない程度に抵抗した。例えば、ユダヤ人作家のツヴァイクの『無口な女』をオペラ化しようと画策したが、ツヴァイクが自ら引いてしまったため失敗した。そのことでツヴァイクに送った手紙がナチスを嘲笑したものであったので、検閲に引っかかり、そのために音楽院総裁を辞職した。フルトヴェングラーもユダヤ人音楽家を保護するなどナチスに抵抗したが、宣伝相により海外向けにはナチスに協力しているように喧伝された。帝国音楽院副総裁、プロイセン枢密顧問官などに任命されたことも、戦後に問題視された。

トーマス・マンはその二人の音楽家に対して徹底的に敵対した。

英国人のバーナード・ショーはシュトラウスを擁護して言った。

「リヒャルト・シュトラウスに戦争を仕掛けるのは、人類に対する裏切りに他ならない。」

その意味でトーマス・マンは芸術家でありながら、人類に対する裏切り行為をしたのである。息子のクラウス・マンが名前を偽ってシュトラウスに取材し、「御説ごもっとも」といった調子で、誘導尋問のように不利になる言質を引き出した。それをアメリカに帰って喧伝したのである。つまりアメリカという虎の威を借りてシュトラウスを迫害したのである。これは明らかに、マンが1933年にミュンヘンで、ワーグナーを侮辱したとして弾劾を受けたことに対する意趣返しである。そのためシュトラウスは財産を没収され、家族とも会えなくなった。80歳を過ぎたシュトラウスには過酷なことであった。創作どころではなくなってしまったであろう。「ナチス時代よりもっとひどい弾圧を受けた」と彼は怒った。

クラウス・マンはシュトラウスのことを、「もっとも堕落した人物」と評した。「何もわかっておらず、卑屈で強欲で虚栄心が強く限りなくエゴイスティック、羞恥心と品位という人間の最も基本的な心の動きにかけている。」とトーマス・マンに報告している。しかし我々は、この時期の『メタモルフォーゼン』や『四つの最後の歌』を知っている。前者は滅び行くドイツの芸術に対する葬送の歌であり、後者はロマン主義の最期を飾る傑作である。これらの作品が人品卑しい人から生まれるはずがない。後世の人が、これら傑作を書いた人と、ナチスはドイツの伝統から生じたと、世界中で喧伝した人のいずれを是とするか解らないほど、マン父子は愚かだったのであろうか。

マンはフルトヴェングラーに対しても同様の迫害をした。亡命せずにドイツに留まったことが悪であると言う。まさに原理主義者である。作家はどこでも文章を書けるかも知れないが、フルトヴェングラーはベルリンフィルやウィーンフィルを指揮してこそ値打ちがあるわけで、ニューヨークフィルを指揮しても意味がない。

例えば、ヴァイオリン奏者のアドルフ・ブッシュはアメリカに亡命したが、後継者は育たなかった。

オットー・クレンペラーもアメリカで満足に活動ができたわけではない。戦後、欧州に戻った。

トーマス・マンの行為を見ていると、『ファウスト博士』は果たして重要な作品か疑わしく感じる時がある。創作がきわめて困難な時代に、レフェルキューンは悪魔と契約する。一切の愛を禁じられるという条件で十二音階技法による『ファウスト博士の嘆き』を創作する。十二音階音楽は、もとよりマンの発案ではない。その後、脳梅毒から発狂して、廃人となって10年後に死亡する。この経過は意図的にニーチェの後半生に似せている。愛が呪われるというのはリヒャルト・ワーグナーの創作である。また、ナチスという悪魔によって変えられた悪しきドイツが、大戦によって破滅する経過と重ね合わせ、ドイツ人の思い上がりと政治的無関心を批判した。ドイツの破局とロマン主義音楽の破綻が、見かけ上似ているのは確かである。しかしそのことがナチスとロマン主義音楽とを同一視する根拠にはならない。クレッチュマー氏や、セッテムブリーニ氏（魔の山）のおしゃべりが、果たして疑惑に堪えうるであろうか。

詩人のヘルマン・ヘッセもリヒャルト・シュトラウスをナチスに迎合した人と思っていた。大戦後、シュトラウスが『四つの最後の歌』に、ヘッセの詩三編を選んだことをヘッセは快く思っていなかった。だから知人にその曲をよく解らないと述べている。しかしシュトラウスを弾劾するようなことはしなかった。

要するにトーマス・マンは芸術家にしては政治好きで、ヘルマン・ヘッセと比べるとかなり俗っぽい人である。１９３３年にミュンヘンで行われた「リヒャルト・ワーグナーの苦悩と偉大」という講演の内容は、ドイツの楽壇からワーグナーを侮辱したと非難されても不思議はないと私は思う。ワーグナーが不倫相手に送った私信に触れたり、彼の弱点を講演で暴露したりしたからである。また精神分析は夢の解釈や神経症の治療には有用であろうが、オペラ中の高貴な人物に適用するのは賢明とは思えない。単なる暴露主義に他ならないからである。

マンの行為がナチスのみでなく、ドイツの良き伝統をも破壊するのに一役買ったのは事実である。

フルトヴェングラーとマンの手紙を読むと、両者の深い溝を感じる。マンはフルトヴェングラーが亡命せずにドイツに留まったこと、彼が戦後復帰した最初の演奏会の後、16回、計15分間も聴衆の喝采に応えたことなどを非難した。彼が数人のユダヤ人の音楽家を保護したことも、ナチスの宣伝に利用された罪と比べると僅少であると主張した。彼が戦後、非ナチ化委員会より無罪と認められたことをマンは是認しないと言った。

「ヒムラーのドイツでフィデリオを上演するのはあまりにも無神経である。」

というマンの非難に対して、フルトヴェングラーは、

「ナチスの暴政に苦しむドイツでこそフィデリオを上演する価値がある。ヒムラーのドイツなど存在せず、ヒムラーに支配されたドイツである。」

と言った。後世から見ると、いずれが正しいか明らかであろう。

当時の良識あるドイツの市民は、狂気の時代にコンサートホールに足を運ぶことによって、人間性を回復できたのであろう。フルトヴェングラーは実にそのために、あえてドイツに留まったのではなかったか。ベルリンフィルハーモニーを指揮してこそ彼の本質が発揮されるのである。文化の土壌というものをマンは全く考慮せずに、ドイツに留まることが悪であると主張したのである。

「ドイツにいる人よりアメリカにいる自分の方が、ドイツの実情が正しく解る。」とマンは言った。

私は1943年頃のバイロイトで録音された、フルトヴェングラー指揮の『マイスタージンガー』を聴いたことがある。聴衆の半数はナチスと傷付いた兵士だったというが、それはこのCDの価値と関係がない。何時英国軍の空襲が来るかも知れない時に、音楽家も市民も芸術に救いを求めて集まって来たのである。さすがに空襲を懸念して、1時間ほど音楽が短縮された。集まった人々は、何時爆撃されて死ぬかも知れない緊迫した異様な状況にいることが、CDか

ら聴き取れる。歌手も楽団員も異様な情熱をもって演奏していたからである。このCD1枚からでも、マンがいかに間違っているか解るだろう。

マンは1933年にミュンヘンの芸術家や著名人から糾弾されたことが、トラウマになって残ったのではないかと私は思う。

ワーグナー没後50年を記念してなされた、「リヒャルト・ワーグナーの苦悩と偉大」というマンの講演が、ワーグナーを侮辱したとして非難された事件である。

その首謀者はハンス・クナッパーツブッシュで、リヒャルト・シュトラウス、プフィッツナーなどの音楽家や、政治家、悪いことにナチス党員まで含まれていた。これでマンはドイツの状況のただならぬことを察してアメリカに亡命した。

今でこそユダヤ人の友マンが善玉で、クナッパーツブッシュが悪玉のように言われるが、私はマンの講演内容は確かにワーグナーを侮辱したと言われても仕方ないと思っている。

「ワーグナーのオペラに登場する人物は、フロイト心理学の宝庫である。」

これがまず槍玉に挙げられた。今でこそあらゆる芸術にフロイト心理学を適用することが当たり前のようになっているかも知れない。私はそういう風潮には共感しないので、当時のミュンヘンで前記の非難が出ても不思議は感じない。

ジークフリートとパルシファルが母親を想う場面が、意識下に性愛であるかどうかは大して重要ではない。パルシファルの場合はクンドリーが誘惑するために母を思い出させて、その悲しみにつけ込もうとしたのである。精神分析の発想が、この場面に必要な解釈とは思わない。『マイスタージンガー』の中に見るザックスとエヴァの対話は、叙情的な音楽と合わせて最も魅力的な部分の一つである。例えば精神分析によると、夢に出てくる靴は女性器を象徴すると言う。そんな知識がこのオペラの解釈に必要だとは、私にはとても思えない。当時は精神分析が、単なる暴露主義だと思っていた人は多かった。そんな意味でクナッパーツブッシュはワーグナーが侮辱されたと感じたとしても不思議はない。

ワーグナーが、自分には造形芸術の才能が無いと嘆いたとマンが述べたことも非難された。しかもこれは不倫相手のマティルデ・ウィーゼンドンクに宛てた私信である。ワーグナーがどういう意図で言ったのか解らないが、彼が造形芸術を理解できないのだったら、総合芸術を創れるはずが無いではないか。「リヒャルト・ワーグナーの苦悩と偉大」は私も奇妙な講演だと思う。ワーグナーが身近な人に話した彼の弱点が、そのオペラを理解するために必要な情報とは到底考えられないからである。

また、トルストイ、ゾラやイプセンとワーグナーの音楽を比べるなど、同じ19世紀の作家であることを除いて全く無意味である。マンはワーグナーがドイツ人のみでなく、コスモポリタンに理解されうることを言いたかったのかも知れない。確かに、ワーグナーがドイツ人にしか理解されないというのは当時の誤った偏見であった。

「ワーグナーの、詩として完成されるドラマの台本が文学でないのと同じように、ワーグナーの音楽は徹頭徹尾音楽ではない。」

この奇妙な文章はなんと解釈すればよいのだろう。私はこの手の評論を読むと退屈を感じる。ニーチェなら何を言っても許されたし、もっと言葉に魅力があった。ワーグナーの同時代人として、その存在に歴史的必然性があったからである。

ともかくマンはアメリカに亡命した。終戦時にマンはアメリカで「ドイツとドイツ人」という講演を行った。マンは良きドイツと悪しきドイツがあるのではなく、ドイツの良き伝統が悪魔によって悪に変えられたのだと言う。それは自分も含めてドイツ人全体に責任があると言うのである。マンはドイツロマン主義音楽がデモーニッシュであると批判した。しかしデモーニッシュが悪いと言うなら、ベートーヴェンの音楽も、モーツァルトの『ドン・ジョバンニ』も、ゲーテの『ファウスト』もデモーニッシュである。ゲーテ、モーツァルトから既にナチスの萌芽があったとでも言うのだろうか。

最近再評価されているハンナ・アーレントの『全体主義の起原』（1951年）を読むと、全体主義は決して高邁な思想から生じるものではないことが解る。「その他最大多数」を引き寄せるには、何でも良かった。ナチスは反ユダヤ主義と、アーリア人の生物学的優生という虚構から、多くの思考が停止したドイツの大衆を引きつけたとされる。

「ドイツロマン主義は憐れむべき大衆の水準、ヒトラーの水準に堕して、ヒステリックな蛮行となって、不遜と犯罪による酩酊やけいれんとなって爆発しました。（「ドイツとドイツ人」より）」

これはいかにも錯乱した発言としか思えない。なぜドイツロマン主義が主語であるのか、全く理解できない。当時ドイツロマン主義のために従事した主要な人に、ヒトラーの信奉者がいただろうか。実際はナチスを支持したのは、自分でものを考えられない大衆であった。これはさすがに良識あるドイツ人の反発をも買った。つまりナチズムはドイツの伝統から生じたと言っているからである。ドイツロマン主義と、反ヨーロッパ的ドイツ国粋主義をなぜ同列に並べるのか、私には全く理解できない。フルトヴェングラーは、ナチスはドイツの伝統に塗られたニスに過ぎないと言っている。両者の主張が平行線をたどるのは当然であろう。

ドイツロマン主義＝ドイツ帝国＝ルター派のドイツ帝国教会VSコスモポリタニズムの民主主義＝アングロサクソニアン＝カルヴァン派のプロテスタンティズムという図式は果たして正しいか。戦後、ドイツロマン主義がナチズム発生の温床になったような論調が見られるが、私は疑問に思っている。当時のナチスを支持した、思考が停止した大衆は、本質的にはロマン主義音楽を必要としなかったのではないか。ニーチェはワーグナーの取り巻きのことさえ、「あの豚どもがワーグナーの音楽に何の関係があるのだ」と言った。ナチスの党員など、二重三重の誤解でワーグナーを聴きに行ったのではなかったか。少なくともロマン主義音楽を本当に愛した人が、むやみに民間人を殺すことなどあり得ないからである。

『マイスタージンガー』の中でハンス・ザックスが、戦争は他国の悪しき文明をもたらす、と言ったことは、第一次世界大戦後のドイツの状況を見事に予言している。アメリカ人がポップスやロックをドイツに持ち込んだ。それ以来、ドイツ人の間でもアメリカ的な音楽がもてはやされるようになった。音楽を例にとれば、文化は必ずしも高い方から低い方へ流れるわけではないことが、二つの世界大戦によって明らかになったのである。その意味でも、近代戦争は悪以外の何物でもない。ハンス・ザックスがドイツの伝統を守ろうと呼びかけたことは、ドイツ国粋主義とは全く別物である。ワーグナーがユダヤ人を嫌ったのは残念ながら事実だが、またワーグナー家がナチスに取り込まれたのも事実だが、ナチスが勝手にワーグナーを利用しただけであることは明らかである。その証拠に、ワーグナーのすべてのオペラを見渡しても、ユダヤ人は一人も出てこない。

トーマス・マンは戦後、当時のミュンヘンの文化人たちが、いかに無能だったかと、繰り返し非難している。しかしミュンヘンの文化人たちは決してヒトラーを支持したわけではなかった。マンは自分の講演に非難されるべき点があるなど、そのプライドからとても容認できなかったのであろう。だから自分を糾弾した文化人たちはナチス支持者であると考えたのではないか。しかしマンの行為は、フルトヴェングラーがドイツの楽壇を立て直そうとする努力の足を引っ張ったのは確かである。私は何時の時代でも、いかに自国の文化の伝統を守るために努力するか、それが最も賞賛されるべき行為だと考えている。マンはようやく矛先を収めたとき、「この辺でドイツ人にフルトヴェングラーを返してやろう」と言った。また、「これ以上ドイツ人を痛めつけるのは止めておこう」とも言った。これを見ると、マンの文化人としての良識が疑われる。

戦後ドイツ国内ではマンは、

「アメリカという桟敷席でドイツの悲劇を見物していた男に何が解るか。彼はドイツ人では無くてアメリカ人だ」

とまで言われた。偉大なノーベル賞作家が、ドイツ国内で評判が良くないのも当然かも知れない。ここでドイツ人が自らの歴史を悲劇と表現することを、マンが批判したのは正しい。ナチスの台頭を許したことは、重い現実であるが、あらゆるドイツ人の個人的責任は免れないからである。

マンは戦後のアメリカで、マッカーサーの赤狩りのために窮屈な思いをした。共産主義者のレッテルを貼られたジャーナリストを擁護する文章を発表したことが、さらに居心地を悪くした。彼は非民主主義的な不条理には黙っていられない性格だったようだ。しかしアメリカは、彼が思っていたような自由な民主主義の国では無かった。彼はチャーリー・チャップリンと同様に、ヨーロッパに逃げ帰る羽目になった。ドイツの文壇から帰国するように薦められたが、彼は拒否した。ナチスの尻馬に乗ってマンを罵った男が、何事も無かったかのように接してくるのはとても我慢出来なかったからである。そしてスイスで80歳の生涯を終えた。

クナッパーツブッシュは、戦後、非ナチ化委員会から度々呼び出されたが、無罪と判定され楽界に復帰できた。彼は戦前・戦中も決してナチス式の挨拶をしなかった。一度ナチスの党員に、「俺の前でそのばかばかしい挨拶を止めろと言っているだろう」と怒鳴ったという。ナチスの幹部が同席した演奏会でも、彼は右手をポケットに突っ込んだまま挨拶したという。クナッパーツブッシュは終戦後、猿芝居はようやく終わったと表現した。

彼はバイロイトにも復帰したが、演出のことでヴィーラント・ワーグナーと激しく対立した。モダンな演出を標榜《ひょうぼう》したヴィーラントと相容れなかったのである。ドイツの伝統を守ることを自己の使命と感じていたクナッパーツブッシュは、ヴィーラントの演出には我慢がならなかった。リヒャルト・ワーグナーが苦労して築き上げたバイロイトの伝統が、自身の孫によってまず破壊されたのであった。

話は遡るが、1930年にワーグナーの息子ジークフリート・ワーグナーが死去して、バイロイトの全権限が嫁のヴィニフィレートに帰属した。彼女は音楽に関しては素人であった。しかもヴィニフィレートと息子のヴィーラントとヴォルフガングはナチス党員になった。戦後、ワーグナー家が非ナチ化委員会に呼び出されなかったのが不思議である。結果的に彼らがR・ワーグナーを貶《おとし》めることになったからである。ヴィニフィレートはコジマと共にヒトラーに密着していた。彼女はヒトラーに男性としての魅力まで感じていたという。そして彼女はヒトラーを、「ユダヤ人に穢されたアーリア人を救う救世主」と感じて、パルシファルと重ね合わせた。実に嫌悪すべきおぞましい話である。彼らはクナッパーツブッシュの演奏を嫌った。

「クナッパーツブッシュはワーグナー、ブルックナーは良いが、モーツァルトは今ひとつだ」という意見は彼らが発端ではなかったか。現在入手可能なＣＤでクナッパーツブッシュのモーツァルトを聴いてみると、非常に心がこもったすばらしい演奏である。

クナッパーツブッシュはヴィーラントに、バイロイトに参加したくないのではなく、ワーグナーへの尊崇の念が強いために参加できないのだと言った。ヴィーラントには、もはや正しいワーグナー体験ができないのだとまで言った。クナッパーツブッシュにバイロイト出演を拒否されたヴィーラントは、クレメンス・クラウスに指揮を依頼した。クラウスはかつてナチス党員であった。ところがクラウスが直前に脳卒中で死去したため、窮したヴィーラントはクナッパーツブッシュに泣きついて指揮を依頼した。クナッパーツブッシュのみがパルシファルを指揮できるという権限まで付与した。クナッパーツブッシュも仕方なくヴィーラントの演出に妥協して、１９６４年までバイロイトで指揮した。

クナッパーツブッシュの死後、バイロイトはさらに変貌した。演出家は芸術を再現するのではなく、奇妙な自己主張をするためにオペラを利用した。ドイツロマン主義に反発するイギリス人やフランス人の演出家は、時に悪意を持ってワーグナーのオペラを矮小化した。現代では台本のト書きまで無視した、それこそワーグナーのオペラの矮小化、あるいは賤民化とでも言うべき演出が横行している。私はＤＶＤでアメリカ映画のマフィアのような服装をしたフンディングを見たことがある。また貧民街の鉄骨のアパートにうずくまるジークリンデを見たことがある。演劇であれば、時代考証が出来ていないと軽蔑される。ところがオペラでは何故それが許されるのか、私にはわからない。ただ、シェークスピアの演劇も同じように、「読み替え」が行われているという。これはもはや芸術の再現ではなく、原作を茶化したパロディーである。芸術に対する尊崇の念と愛情をもった人は、絶対にしないことである。それだけは自信を持って言える。神話にダムが出てきた。マフィアの帽子や鉄骨の貧民街も出てきた。ニュルンベルク裁判も出た。次に何が飛び出しても私は決して驚かない。西洋社会が自由と平等を手に入れた代償として、貴重な人類の遺産である芸術を悪趣味の手に委ねたというべきであろう。

【参考文献】

(1) フランク・ティース編『フルトヴェングラーの手紙』白水社、2001年
(2) トーマス・マン『ワーグナーと現代』みすず書房、1971年、2000年（新装）
(3) トーマス・マン『ドイツとドイツ人』岩波文庫、1990年
(4) クラウス・カンツォーク『フルトヴェングラーとトーマス・マン――ナチズムと芸術家』アルテスパブリッシング、2015年
(5) ピーター・ヘイワース編『クレンペラーとの対話』白水社、2014年
(6) ヘルマン・ヘッセ研究会編・訳『ヘッセからの手紙』毎日新聞社、1995年

(7) 奥波一秀『クナッパーツブッシュ――音楽と政治』みすず書房、２００１年
(8) 山田由美子『第三帝国のＲ・シュトラウス――音楽家の〈喜劇的〉闘争』世界思想社、２００４年
(9) ハンナ・アーレント『全体主義の起原３――全体主義』みすず書房、２０１７年
(10) ヘルムート・プレスナー『ドイツロマン主義とナチズム　遅れてきた国民』講談社学術文庫、１９９５年
(11) クラウス・Ｈ・プリングスハイム『ヒトラー、ゾルゲ、トーマス・マン』彩流社、２０１７年
(12) ピーター・コンラッド『オペラを読む』白水社、２００３年
(13) クラウス・ハープレヒト『トーマス・マン物語Ⅲ』三元社、２００８年

五、下町とヴィルトオーゾ（平成23年3月）

ドイツの楽団のブルックナーを聴きに東京に行ったその翌日、若い女流ピアニストのリサイタルがあるので、それも聴いて帰ることにした。友人のMも一緒だったが、ピアノリサイタルには関心を示さなかった。彼は朝に築地の市場に寿司を食べに行くので私も誘われたが、朝から酒を飲むわけにはいかず、寿司だけ食べることにも抵抗があったので、断って別行動になった。

ホテルで、i-podの音楽を聴きながら窓の外を見ていた。ホテルの庭園や赤坂御苑の緑の前を車がひっきりなしに走っている。その後方には新宿辺りの高層ビルが見える。天気が良ければその遥か遠方に富士山が見えたはずである。

今夕の5時まで自由である。神保町の古書街で『ドラクロワの日記』を探して、その後、京成電鉄で柴又に行ってみようと思った。別に寅さんのファンではないが、気まぐれに東京の下町を見たくなったのである。タクシーで神保町まで行ってもらった。運転手は兵庫県の陶器屋の息子だと言う。

「うちのものは丹波の立杭焼のような厚手の陶器を扱っています」

「知っていますよ。兵庫県にいた頃よく見かけました。どちらかというと茶人が好みそうな感じではないですか」

「そうですね、ちょっと野暮ったい感じで」

「結構そういう感じ好きですよ。信楽焼ともちょっと似ていて」

「備前焼にも似ています。釉薬は使いますが。結構歴史は古いんですよ。平安時代の終わりころからです」

「伊万里焼よりも随分古いんですね」

「伊万里は磁器が主ですね。朝鮮の役の時に、秀吉の命令で陶工が連れて来られた時からです」

「確かにそうでした。磁器はそれが始まりでしたね。私は酒器が好きでしてね。立杭焼も家にありますよ」

「京都のものは、薄くて洗練されていますね」

「そうです。あの軽さが良いですね。私は石の磁器で、特に薄い杯が好きです。前に特別気に入った磁器があったんですがね、家内が器を割る名人でして」

「私の所もそうですよ。でもそのくらいの方が可愛くて良いですよ。大事な器は自分で洗う」

「清水焼の気に入った磁器があったのですが、引っ越しで杯が5個のうち3個を紛失して、残りも家内が落としてヒビが入ったんです。仕方ないので清水の陶器市で探したんですが、ぴったりしたのが見つからないんです」

「そんなもんですよ。なかなかセットで出来たやつは、取り替えが利かないですね。ビヤマグなんか陶器だと細かい泡が立ってビールがおいしいですよ」

「私も陶器のビヤマグは好きですよ。でもすぐにカビが生えるので扱い方が難しいです」

「よく洗うしか手がないですね。とにかく洗う」

「前に萩焼の素焼きが気に入って買ったんですがね、ビールがしみ込んですぐにカビが生えるんです。それで洗った後、浄水をしばらく満たしておくのですね。すると黄色い水がしみ出てきます。その後熱湯を半分くらい入れて、温度を上げておいて斜めに倒して乾かす」

「なかなか工夫されるんですね」

そんなことを話しているうちに、神保町に着いた。

「どうも楽しい話をありがとうございました」

運転手はそんなことを言って別れた。

ところで古本屋が沢山並んでいるが、どうやって目当ての本を見つけるか要領を得ない。そのうち案内所が見つかったので調べてもらった。何軒かめぼしい店を教えてもらったが、見つからなかった。

「つい最近まであったんですがねえ」

同じような答えが返ってきた。要するに『ドラクロワの日記』は絶版になって入手不可能だということが解った。後日、京都で英語版を見つけて入手した。ドラクロワはショパンの友人だったので、その辺の消息を知りたかったのである。

タクシーで上野に出て、京成電鉄で柴又に向かった。急行で高砂まで行き、普通電車に乗り換える。初めてなので乗り越さないか不安だった。大きな川を渡った時、乗り過ごして江戸川を渡ったのではないかと驚いた。しかしそれは荒川だった。

高砂では同じ電鉄なのに一度改札口を出直さなければならない。一駅乗って柴又に着く。

柴又駅を出ると、寅さんの銅像と、その傍で記念写真を撮る人の姿が見えた。露店が並んだ道を行くと、寅さんの格好をして、ボランティアで観光客を案内する名物男も居た。

帝釈天の参道には、和菓子屋や土産物店が並んでいる。あられが入ったガラスの容器が沢山並んだ店があった。一枚80円という値札が下がっている。子供の頃、商店街によくこんな店があった。東京はなぜかレトロな風景が残っている所が多い。店主にことわって写真を撮らせてもらった（写真1）。かなり空腹を感じたので、うなぎの店に入った。多分寅さんたちが撮影の合間によく入ったという店である。

さらに行くと帝釈天に至った。重層の立派な山門があり、出店が並んでいた（写真2）。多分毎日が縁日のような賑わいなのであろう。そこから通りの外に出て、まっすぐ行くと江戸川の堤防に出た。江戸時代に「矢切の渡し」があったところである。徳川氏は政策上、大河に橋を掛けなかった。ただ、両岸を行き来したい人が多かったので、江戸川には五カ所の渡し場が

写真1

写真2

許可された。その中で「矢切の渡し」だけが現在まで残ったのである。小説『野菊の墓』に「矢切の渡し」を利用する人々が描かれている。天気が良くて江戸川の水が青い（写真3）。河川敷で野球をしている少年を沢山見かけた。堤防を若いカップルや年配者が散歩している。まさかその一週間後に大災害が来るとは考えてもみなかった。この平和な眺めが一週間後には変わってしまうのである。金町浄水場の取水口が上流に見えるが、放射性物質に汚染されてしまうのである。

ホテルまで戻ってクロークに荷物を預けた。会場のホールはすぐそばである。軽食を食べてコーヒーを飲んで、開演を待った。

＊

若い女流ピアニストは、赤いドレスを着て大

写真3

股で颯爽《さっそう》と登場した。ピアノの前でペコっと頭を下げた時に露出した背中が見えた。そしてラフマニノフの『コレルリの主題による変奏曲』を弾き始めた。ラ・フォリアの旋律が次々とヴィルトオーゾな楽曲に変貌していく。次がシューベルトの『ハ短調ソナタ』、これが私の目当てだったが、難なく弾きこなした。シューベルトの晩年の大曲で、劇的な第一楽章、晩年独特の転調が特徴的な美しい緩徐楽章、メヌエットの楽章とタランテラのリズムのフィナーレ。結構叙情的に歌えていたし、テンポもあまり動かず、良い演奏だった。鍵盤を荒々しく叩く事もなかったし、奇妙なパフォーマンスもなかった。優秀な演奏家だと認めた。

休憩後、スクリャービンの前奏曲、練習曲、詩曲。「どんな難曲でもミスタッチなしで弾いてやる！」という感じである。メンデルスゾーンとサン・サーンスをラフマニノフやホロヴィッツが編曲した難曲ばかり、最後はホロヴィッツ編曲の『カルメン変奏曲』。演奏が終わった後、奇妙な疲労感が残った。

アンコールもラフマニノフの『ヴォカリーズ』、モシュコフスキの『花火』、グルックの『精霊の踊り』など、私の知らない難曲ばかりだった。その次にモーツァルトの『トルコ行進曲』が流れたとき、ほっと救われた気分になった。20世紀のヴィルトオーゾな曲の後に、モーツァルトで締めるのはなかなか良いと思った直後、美しい音楽が次第に醜く姿を変えて、20世紀的な音楽に変わった時、私は気分が悪くなった。後にネットで調べると、ヴォロドスという男が編曲したものらしいが、モーツァルトに対する冒瀆《ぼうとく》としか言いようがない。モーツァルトの明朗で単純な古き良き時代の音楽、19世紀末から20世紀にかけての芸術家の渇望の的だった天上の音楽が、現代的に醜く作り変えられていくのは実に不愉快だった。しかしそんなことがアメリカ育ちの若いピアニストに解るはずもないだろう。私は気分が悪くなってホールを出た。隣のホテルで荷物を受け取ってタクシーで坂を下って行くと、ざわざわホールから人が出てくるのが見えた。

六、裏富士と伊万里焼

かねてよりの念願であった裏富士を見ることと、伊万里焼の窯元を巡ることが、この年の12月に叶えられた。

(一) 裏富士

富士山は東海道からの眺めや、日本アルプスからの遠望には馴染んでいたが、裏富士はまだ見たことがなかった。所用で東京に泊まった翌朝、ホテルの窓からきれいに晴れた富士山が見えた。それで富士五湖から富士山を見たいという、かねてからの願望を実現することになった。早めに朝食を摂って、新宿を8時15分発の「ホリデー富士山号」という臨時列車に乗った。直通で富士宮まで行けるのは有り難かった。中央線の高架からも富士山がよく見えた。大月から富士急の線路に入って、富士山がどんどん大きくなってきた。目的地は山中湖と河口湖である。富士山駅で下車し、帰りの時刻表を見ていると案外時間がない。勿体ないがタクシーを飛ばすより手段がなかった。山中湖の展望台までかなりの距離である。メーターがすぐに五千円を超えてしまった。湖をほぼ半周して、さらに峠に向かって登って行く途中に展望台がある。はるばる来た価値はあった。富士山と湖面と枯れ野との対比が美しい。桜の木があって、枝の間から富士山を写真に撮ると、浮世絵のような富士山になった（写真４）。富士山の右手に湖面を通して南アルプスが見えるらしいが、今日は冬型の気候のため見えなかった。富士山頂は強い西風のため、雲がまるで噴煙のように流れている。

気温が低く、寒さに耐えながら霜柱を踏んで写真を随分沢山撮った。

次は忍野に向かった。タクシーの運転手は土地の人らしくよく知っている。

「富士山が噴火するなんて言っていますが」

と尋ねると、彼は笑って言った。

「誰も気にしていないですよ。他府県の人が騒

写真４

いでいるだけです」

生活の基盤があってこそだから、確かに彼が言う通りである。気にしても仕方ないのであろう。

忍野の水車小屋の前で降ろしてもらった。彼に名刺をもらって、帰りに電話で呼ぶ時に居所を知らせるようにした。

「忍野八海」といって、至る所に池がある。富士山からもたらされた、きれいな湧き水が緑の藻をゆらして美しい眺めである（写真5）。そんな池や東屋の背後に富士山が望める（写真6）。

一回り歩いて、店でそばを食べてからタクシーを呼んだ。そろそろ戻らないと夕方の仕事に間に合わない。

「河口湖の逆さ富士が見える所まで時間がかかりますか」

「いいえ、近道すれば十分間に合います」

と言ってくれたのは有り難かった。次は何時来るかわからないので、是非とも今日立ち寄りたかった。

富士宮からの登山口の分岐点を通過した。左に折れると２３００ｍの地点まで車で入れるそうである。３７７６ｍの山頂まで健脚なら日帰りも可能だという。標高差から言えば上高地から前穂の紀美子平を往復するくらいである。しかし日帰りだと高山病にならないとは限らない。

「産湯が沢」という所で車から降りた。富士が正面に見える有名な場所である。風がなかった

写真5

写真6

ら、逆さ富士が見えるということだが、今日は風が強くて湖面が騒いでいた。そのかわり、ワカサギ釣りの舟がさざ波の光る筋に入ってきて、逆光の中に二人の漁師が浮かび上がる面白い写真が撮れた（写真7）。漢詩風とでも言うような富士山の眺めであった。運転手が私の靴に付いた泥をタオルで拭いてくれた。

「これから会議に出られるのに、泥が付いているとまずいでしょ」

そこから富士宮駅まで早く出られた。

結局予定の電車に間に合ったが、タクシー代が1万8000円かかった。そうでもしない限り、とても短時間で回れなかったので、それなりに満足した。

写真7

(二) 伊万里の窯巡り

暮れも押し迫った29日、まだ暗いうちに息子と家を出て京都駅に向かった。伊万里焼の里と島原、有明海、三角の海岸線などを見るために九州に向かうのである。伊万里牛と有明海の新鮮な魚介類を味わうのも目的の一つだ。京都駅の書店で永倉新八の回想録を小説風にした文庫本を見つけた。これで列車の中や列車待ちなどで退屈することは無くなった。司馬遼太郎氏の『燃えよ剣』や『血風録』とどのくらい違いがあるか興味深かった。

関ヶ原辺りの雪のため、列車が遅れた。京都周辺の山も、愛宕山と北山は真っ白であった。山側の席でなかったので、雪の蓬莱山や比叡山が見えなかったのが残念だった。

結局列車が遅れたため、博多で乗り継ぐはずの佐世保行き特急に乗れなくて、1時間後の列車の自由席に座るために、ホームで並ばなければならなかった。長崎行きの特急は、15分毎に出ているのにほぼ満席のようだ。北九州は空が暗くて時雨れていた

有田で松浦鉄道に乗り換えて伊万里に向かった。この辺りは陽が照っていた。車中でパソコンを開いて地図を眺めたが、伊万里焼の窯元がどこかよく解らない。駅の案内所で地図をもらってタクシーに頼るしか手がなかった。伊万里の市外から南東の山の方に入って15分ほどで伊万里鍋島焼会館の前で降ろされた。ここから山に向かって窯元が軒を連ねている。この辺りは大川内山《おおかわちやま》と呼ばれる。鍋島藩の御用窯があったところである。製法は秘匿され、将軍や大名

への献上品として高級品が作られた。

とりあえず虎仙窯の喫茶店に入って空腹を癒やした。店の時計が鳴ったので見ると午後2時になった。うどんでも食べたかったが、残念ながらケーキセットしかなかった。店の一階に陶器が並べてあり、青磁がひどく魅力的だったので、他の店もいろいろ見た後に買い求めた。

石畳の道に沿って土塀と白壁の土蔵のような建物が並んでいる。そんな歴史的な町並みの背後に荒々しい岩山がそびえている。なかなか面白い風景だ（写真8）。時間はたっぷりあるので、窯元を巡る。次の店では漬物盛りのための大皿、煎茶用茶碗を購入、さらに次の窯元で二色牡丹の皿、赤絵の徳利と杯、それから梅の絵が入った大きめで薄手の杯を購入した。二色牡丹は実に美しい色彩である（写真9）。この店だけで2万円以上買ったので、赤絵の湯飲みを

写真8

写真９

写真10

2客サービスしてくれた。そこから山に向かって登っていくと展望台に出た。ただし窯元の煙突と素朴な家並みと背後の里山が見えるだけである（写真10）。この辺は赤い実を付けたもちの木が目立った。展望台を下りながら、登り窯と普通の焼き窯が外から見学出来る所に立ち寄った。

最後にもう一軒、立ち寄った窯元で青磁の魅力的な器を購入した。ほとんどを宅急便で送った。タクシーに迎えに来てもらい、駅に戻ってコインロッカーの荷物を取りだした。案内所で、今日の宿である「フォレストイン伊万里」までの距離を尋ねると、旅館に電話して迎えに来るように手配してくれた。

伊万里焼を見て歩き、買い漁りたいと、かねてからの望みであったので、すっかり上機嫌になってしまった。女房に「窯元を巡っていろいろ買い漁った。プレッシャーを掛けることになるが、何分よろしく頼む。」とメールしておいた。いくらかかったかメールで訊いてきたが、忘れたと返事しておいた。

窯元巡りをして、すっかり伊万里焼の虜になった。唐津焼や有田焼も似ているが少し異なる。私には伊万里焼の色彩が上品で好ましく見える。また、技術を金沢に持ち込んだ九谷焼も似ているが、私の感覚では、やや華美に過ぎるようだ。個人の好みの問題である。

「フォレストイン伊万里」に入ると管弦楽が聞こえてきたのには驚いた。生演奏に近い音がする。見ると人間くらいの高さのスピーカーが二つ置いてあった。マーラーの若いときの交響曲のようだった。部屋に通されて荷物を置くと畳や建具の良いにおいがした。20年ほど前に出来たそうだが、経営者が変わって2〜3年前に改装が終了したらしい。おそらくバブル期に出来たリゾートホテルだろう。周囲の景色は何の変哲もない山里で、温泉と焼き物と伊万里牛が目当てでないとまず来ないだろう。夕食は先付け、刺身はそんなに新しくはなかった。広島のカキのビストロ風、椀もの、伊万里牛の焼き肉。ちょっと物足りなかったので、サイコロステーキを追加した。ロース肉ということで、非常に柔らかかった。ここに来るなら夕食は鉄板焼きにした方が面白かったかも知れない。

朝早くから10時間以上行動して余程疲れたのか、永倉新八を読みながら、芹沢鴨が暗殺される辺りで寝入ってしまった。

翌日午前9時に宿の人に車を頼んでいたので、朝は比較的ゆっくり出来た。朝食の後、ロビーでコーヒーのサービスがあった。例の大きなスピーカーからブラームスの『ヴァイオリンコンチェルト』が鳴っている。あまり良い趣味とは言えないが、直に聴いているような気がするほど鮮明な音だった。

「演奏は実におとなしいね、ヴァイオリニストは女性ではないか」

「きれいだけど、奥行きの浅いブラームスだね」

「何か、演奏は上手だけど、魂がこもっていないな。この曲は誰の演奏が一番好き？」

「そうね、フルトヴェングラーかな。メニューインとの盤かな」

「クレンペラーとオイストラフの盤も好きだね。一見合わない組み合わせのようだけど、火花を散らすように緊張感があって良いと思う」

「ヴァイオリンコンチェルトはベートーヴェンとブラームスのどちらが好き」

「ブラームスの方が好き。ピアノコンチェルトも『皇帝』よりも、ブラームスの『変ロ長調』の方が好き」

「その意味ではブラームスはすごいね。ベートーヴェンの後だから、相当苦労したのだろうけど、コンチェルトの分野でそこまでできたんだから」

そうこうするうち9時前になってしまった。もう少し音楽を聴いていたかったが、席を立った。

時雨模様の中で伊万里駅舎や、ホームから見えるローカル線の線路の景色は風情があった。有田まで、何の変哲もない田園風景で、無風のため、野焼きの煙が立ち昇って山を巻いている。面白い眺めだ。

有田で4分の待ち合わせで佐世保行きの特急に乗った。早岐で30分近く待たされて、快速で諫早まで、ここで島原鉄道に乗り換えるのだが4分しかない。結局JRはただ乗りした格好になってしまった。ディーゼルカーは1両しかない。走り出して間もなく、例の有明海の悪名高い水門が見えてきた。一方で減反と言いながら、わざわざ有明海を汚して干拓地を作るという愚にはちょっと堪え難い。日本はとても成熟した議会制民主主義の国とは言えない。

島原半島の海岸ベタをゆっくり走って行く。対岸の熊本かと思ったら、北の諫早を見ているのだった。そのうち雲仙岳が見えてきた。と言っても普賢岳《ふげんだけ》の前衛の山だった。息子がi-padで昼食を食べる食堂を探している。漁人市場があって、そこに食堂が隣接しているらしい。南島原で下車した。南に歩いて海側に折れると市場が見えてきた。そこで刺身御膳というのを注文した。さすがに魚は新鮮で、白身の刺身も食べた。タイやイカも美味かったが、鮭はしつこかった。これだけ地産ではないのだろう。

市場も覗いてみた。サバ、アジ、ブリやサザエ、アワビ、車エビなども豊富にあった。エイが売り物ではなく、2匹生け簀で泳いでいた。さすがに島原は魚が豊富である。

この後、島原城と湧き水の里を見て南港の宿に夕方までに着けばよいのだ。昨日と同様にのんびりした時間を過ごした。また島原鉄道で二駅戻った。駅前から城が見えた（写真11）。ゆっくり坂を登ってお堀端を歩いた。城の入り口は反対側にあるので堀を半周した。天守閣は五層で、手前の梅林は花が咲くと、さぞかしきれいであろう（写真12）。城は「島原の乱」やその後の地震にも耐えたが、明治9年に明治政府により取り壊された。昭和39年に再建されたという。今日は工事のため天守閣には登れなかった。城跡公園からは普賢岳の前衛の山が望めた。海側には有明海を越えて阿蘇山が遠望された。

城を離れて古い街並みを歩いた。湧水が多く、至る所に綺麗な水が流れている。島原湧水

写真11

写真12

群：鯉の泳ぐまちという石碑が建っている。湧き水は普賢岳の恩恵である。その意味では富士山と忍野八海の関係に似ている。

「湧水庭園四明荘」を訪ねた。日本家屋の周囲の庭園に大きな池があり、湧水がふんだんにあって、鯉が泳いでいる（写真13）。縁側に腰をかけてしばらく眺めていた。

この辺りは前衛の山が防御になって、普賢岳の火砕流を防げたらしい。

今夜の宿は小高いところにあり、海がよく見えた。部屋から漁港と漁師の家らしい集落が見えた。適当に小さな島があり、天然の良港である。

広い温泉は中を移動して楽しめた。湯船から海が見えた。沖合から船が海面に一筋の丸い航跡を残しながら帰って来るのを見ていた。

夕食は新鮮な魚を堪能できた。地酒も美味

写真13

かったが名前を控えなかったので忘れた。

翌朝、高速船で海を渡って熊本を目指した。港を離れると、今まで見えなかった普賢岳と平成新山が姿を現したので驚いた。新山の赤茶けた荒々しい山肌がくっきりと見えた（写真14）。およそ20年前に火砕流で大きな被害を出した山である。

港を出てから、ずっと多くのカモメが船の周りにまとわりつくように飛んでいる（写真15）。実は乗客からスナック菓子をもらうためであった。すっかり学習してしまった彼らは、船をめがけて飛んで来るのであった。海の魚を捕らえるよりも楽なのであろう。

普賢岳が遠ざかり、熊本が近付いてきた。30分という、信じられない速さである。島原半島から熊本に出るには最短である。高校生らしい

写真14

生徒も沢山利用していた。熊本港からバスで熊本駅まで出た。

熊本駅から三角線のディーゼルカーで三角まで。車窓から美しい海が見えることを期待したが、期待したほどは見えなかった。駅前からバスで西港まで出ると、美しい海が見えた。有明海につながる三角の瀬戸で、宇土半島と天草島の間の狭い海峡である（写真16）。天草五橋の天門橋が正面に見える。天草は魚が美味そうで魅力だが、交通が不便なのでレンタカーを借りるしか手がなさそうである。

この辺り静かな海に小さな漁船が岸壁に繋がれて、のどかな眺めである（写真17）。

昼食に新鮮な魚が食べたかったが、店は閉まっていた。きょうは大晦日だった。バス停の近くに市場があったので覗いて見た。活車海老を正月用に購入した。皆元気でしきりに暴れる。

写真15

写真16

写真17

息子がタイとタコの刺身を買ってバスの中で美味い美味いと言いながら食べていた。

時間がなかったので、熊本に戻ってホテルで天丼を食べた。そして新幹線で京都まで直に帰った。

七、オペラ三夜（1990年代）

第一夜　パルジファル

物音で目が覚めると薄明の中に姫川の清流が見えた。夜行列車は南小谷に近付いているのだった。当時若かった私はホテルに泊まることができずに、夜行列車を選んだのだった。一瞬の間に昨日から今に至るまでのことが頭に蘇った。東京の街をうろついていたこと、パルジファルの舞台——これは納得が行く演出であった、オペラ劇場での苛立ち、新宿駅で酒とつまみを買ったこと、寒かった車内。お蔭で私の体内の貯蔵エネルギーを使い果たして、今日の行動に耐えられるかどうか怪しくなってきた。東京に長居したくないのみでなく、わざわざ中央線の夜行列車を選んだのは、将来隠れ家を持つために目ぼしい場所を見つけておくためだった。北アルプスが望めて、スキー登山の拠点にも出来て、板の間にピアノも是非一台置いて、酒も貯えて、週末に家族と暮らすのも悪くはない。南小谷、神城、安曇野をとりあえず考えている。しかしこの寒さの中で時間を潰したり、さまよい歩いたりする気力は萎えてしまったので、糸魚川行きに乗り継いで京都に帰ることにした。時間待ちの間に駅舎を出ると、渓流の音と共にむせるような山の香りが吹き渡ってきた。嵯峨野とはまた異なった深山の空気だ。山の斜面は素晴らしく紅葉しており、流れとの間に民家が点在してメルヒェンのような眺めだ。姫川の流域と言えば、冬の侘しい寂れた寒村の印象があまりに強すぎて、こんなに美しく変身するとはとても考え及ばなかった。待合室のストーブを山男達が、女性も交じえて取り囲んで暖を取っている。余った金でオペラの券を買う者よりも、彼らはどんなに好ましく見えることだろう。私はいつもそうだが、オペラは聴きたいが群がる雑踏は見たくないので、少なからず悩まされる。最近ヨーロッパ人の真似をして、休憩時間にワインが出されるようになった。私もまたアルコールの誘惑に負けて、酒場へ足を運んだ一人だった。しかし些細なことに腹を立てて、ワインを断念する破目になった。琥珀色に輝く一杯のワインを目の前にしてである。そのため帰路についても、ワインのことがいやに心残りで、新宿駅で探したが見つからなかった。夜行列車が出るまでの間に、さんざん歩き回ってやっと手にした物は、日本酒2合と枝豆とあられであった。それさえ無かったら、まさに天と地の差であった。

【パルジファルについて】

オペラは象徴劇であるので、作曲者の実像を重ね合わせるのには慎重でなければならない。但し、わざわざ音楽を付けて舞台に上せるからには、人間のある典型的な、最も本質的な問題を含んだドラマであると、作者が感じたからに他ならない。例えばモーツァルトの『コシ・

ファン・テュッテ』にしても、一見単なるアイロニーに富んだ風刺劇のように見えるが、実に多くの知恵を含んでいる。だからこそ音楽も実に共感と同情に満ちている。

リヒャルト・ワーグナーのパルジファルは、最初は因習にとらわれない自然児であった。行き詰まった19世紀には、そういう人物が世に必要だと、ワーグナーは考えたのであろうか。実在のワーグナーはアムフォルタスとクリングゾールを合わせたような人物ではなかっただろうか。多くの欺瞞と裏切りを重ね、しばしば享楽的でもあった「絶望的な浪漫主義者」が死期に近付いたのを覚って、苦渋に満ちた生涯を振り返った時、渇望したのは「神よ、あなたの玉座へ」という言葉だったのではないだろうか。女性の献身による救済を断念した老ワーグナーが、十字架に救済を求めたのが、このオペラの成立の背景と言えないだろうか。

清い自然児のパルジファルが、生の魅惑を克服して、それもクンドリーの接吻を契機に、禁欲主義的聖職者に変貌する過程は、「官能に対する呪詛《じゅそ》」と言えなくもないが、まさに意思否定的な思想そのものに見える。そのためにキリスト教の抑圧から離れて、より自由でより健康的な生命を肯定する思想を掲げる人々と決裂する破目になる。我々にとっても、実に病的に魅惑的なこの音楽に圧倒されながらも、心の片隅では一抹の引っかかりを感じている。疑いなくパルジファルの音楽はワーグナーの作品の中で最も洗練されている。この上なく美しい響きと不協和音が、何かもやもやした、病的な憧景と不安へ人を引きずり込む悪魔的な音楽が、後世の音楽の規範になった。我々は青年時代にワーグナーから悪影響を受けなかっただろうか。それから回復するために少なからぬ労力を費やしはしなかっただろうか。今でもなお完全な共感というのはあり得ない。常に賛嘆と疑惑の間を行き来するのである。ただ、如何に疑惑を挟もうと、この魅惑的な音楽はワーグナーしか書けなかったことは事実である。

タンホイザーにしてもワーグナーの手による台本よりも、本来の『ワルトブルグの歌合戦』の方がはるかに文学的興味をかき立てはしないだろうか。ワーグナーのタンホイザーの場合、キリスト教的禁欲主義的理想に窮屈を感じるのである。「ワーグナーは手に触れた物すべてを病気にする」。昔のドイツ人は実に気の利いたことを言うものだ。モーツァルトの魔笛に文句をつける人は珍しいだろう。何故ワーグナーはあれこれと批判されるのだろうか。本来キリスト教徒であるワーグナーが、どんなに反キリスト教的行為があったとは言え、晩年に十字架の前に跪《ひざまず》いたとしても、少しも怪しむには足りないはずである。「科学的思考の勃興した時代に取り残された哀れな浪漫主義者」と後世の人は言った。浪漫主義に感動し得なくなった時、芸術の危機が訪れる。事実、西洋音楽は衰退して過去のものとなった。

第二夜　魔笛

東京駅の夜は身の置き場が無い。まだ10時前だと言うのに酒場も喫茶店も閉じかけていて、夜行列車が出るまでの時間を潰す場所も無い。駅の中の数少ないベンチもすでに老人達に占領されて、プラットホームにぼんやり立つしか手段が無いのだ。少なくとも旅行者の便宜を図ろうという姿勢は全く見えない。少々小銭を持っていてすら、空腹を癒やすことも出来ないのだから、無一文では一分も生きていられないだろう。そう言えば無宿者の姿は一人も見えない。ただコンクリートの間を、秋風が吹き抜けるだけである。危うく私も兵糧攻めに遭うところだったが、今夜は酒肴を持参しているので深刻ではない。列車が入るまでの我慢である。経験的にオペラの帰りの夜行列車ではワインがあれば嬉しいことを知っているからである。日頃のピアノの練習の後もそうだが、この際の酒はワインでなければならない。しかもドイツの白ワインが良い。またはフランスの赤ワインが最適である。それも重たい味のフルボディーが良い。そのふくよかな香りによって心が満たされた気分になる。音楽に疲れた時、ワインの香りと酸味が再び頭を自由に回り出させるのだ。

やがて列車が入って来て荒み切った心を潤すことが出来た。東京の明るいビル街が遠ざかって、はずれの暗い通りや山影が見えるとほっとした気分になれた。しかしある一面ではグラスを傾けながら、東京の街を垣間見るのもたまには悪くない。こんな所に住むのは大変だなと思いながら。

それにしても今日のオペラは少し失望であった。大方の演出は良かった。特に三人の童子が現れる場面は非常に印象的であった。残念なのは、夜の女王の音程が怪しかったことと、パパゲーノの首吊りの場面で「イチ、ニイ、サン」とやったからだ。ドイツ語の“eins zwei drai"は実にリズム感があり、この場にうってつけなのだが、日本語が出てきたために打ち壊しになった。何年か前のドイツの国立歌劇場の時もそうだった。それがまた日本人には判で押したようによく受けるのだ。昔から日本人は欧米人が日本語を喋ると喜ぶ癖がある。これは白人に対する劣等感の表れである。会場で失望したのは恐らく私一人だろうと思うと、実に情けなくなった。日本人を喜ばすにはこんなもので良いだろうと、彼らが考えているのならまだ救われる。最も伝統的な芸術を原型のまま伝える代わりに、音楽を歪めてまで市民の友好の手段に使うということなのだろう。

ただ後で解ったことだが、ドイツの伝統ある歌劇場でさえ、経営に四苦八苦しているそうである。そう考えると、聴衆にある程度の媚を売るのも仕方ないかも知れない、と思い直した。日本ではパパゲーノの「イチ、ニイ、サン」が慣習になっているのなら、私が目くじらを立てても始まらない。

【魔笛について】

この不思議なオペラは大衆をも楽しませ、演出の仕方によってはドタバタ劇にもなりかねない側面を持ちながら、実に多くの意味合いを持っている。音楽も素晴らしい。序曲の出だしから深い味わいがある。徳、愛、貞節、正義といった後のドイツ理想主義の先駆のような言葉にも、モーツァルトは我々よりもはるかに自由な立場で接しているようだ。かのゲーテを感動させて第二部を書かせようとした程のオペラが、果たして後世に多大の影響を与えた。モンサルバートの神殿とザラストロの神殿は少なくとも無関係ではない。とりわけタミーノとパミーナ、パパゲーノとパパゲーナの二組の男女が結ばれる過程は、このオペラの本質と考えて良い。試練を経て初めて真の愛が得られるという、極めて人間的なテーマである。その意味では『コシ・ファン・テュッテ』との近似点を見ることが出来る。これがオペラの原型として後世のオペラの規範となった。『マイスタージンガー』、『アラベラ』、『影の無い女』などは、ある意味で魔笛第二部と言えなくもない。タミーノとパパゲーノという対照的な二人組も、ドン・ジョヴァンニとレポレロという組み合わせと同じく、ユーモラスで重要な要素である。

このオペラにはフリーメイスンの儀式のようなものが出てくる。その理想はこのオペラの一部ではあるが、フリーメイスンを広めるために書かれたオペラではない。政治的意図よりも、もっと深い人間の真実を読み取るべきである。

第三夜　トリスタンとイゾルデ

近江平野を電車で走りながら空を見ていると、大変な荒れ模様だった。11月とはとても思えない黒い雲が空を覆いつくし、風も強い。異常気象は病んでしまった地球の末期的症状を見ているようであり、何となく人類の黄昏を予感するのは私だけではないだろう。それでいて人々は石油（つまり車と飛行機）と、紙の無駄遣いを断念するというただその一点すら実行出来ずにいる。その最たる者が中国人とアメリカ人だ。日本人ももちろん責任を免れないだろう。多分冷静に軌道修正することは出来ずに、このまま愚劣な価値観によって、浅薄な生活の享受を求め続けながら、行き着く所まで行くのだろう。地球の住人としての心得もなく、この魅惑的な大地を生物の棲めない荒野に変えようとしている。恐らく18世紀までの人々は自分達の末裔が、こんな形で地球の厄介者として終末を迎えつつあるなどと、まず予想さえしなかっただろう。

ところで私は『トリスタン』を聴くために新幹線で名古屋に向かっている。大戦後のワーグナーのオペラの演出は私には共感出来ないことが多い。大体演出家というのは、どういう出所の人達なのであろうか。私の想像だが、文化人として二流、三流の者もいるであろうし、音楽的でない人もいるだろう。またワーグナーに反感を持つ者もいるだろう。妙に自己主張をするのが慣習になっているようだが、それなら自分達に合ったオペラを新たに作れば良いのだ。ナチスによるバイロイト支配に対する反動から、フランス人の非音楽的な演出家を雇ったり、政治的配慮から多国籍の歌手を採用したりしているうちに、伝統を失ってしまったようだ。

名古屋駅は混雑していたので、会場の市民会館を探すのに一苦労だった。（今ならネットで調べて行けば良いのだが）地図を買おうとしてデパートに足を運んだのが、そもそも誤りであった。あれ程膨大な商品を並べていながら、本の売場が無いのである。人ごみを歩いていると無性に腹が立ってきた。この街の人は本も読まないのか、そんな愚にもつかないことを想いながら歩いていた。しかし時間は迫ってくるし、本屋は見つからないし途方に暮れていると、ふと駅の売店に有るのではないかと思いなおした。駅に戻って売店で訊ねると、地図は有ったが問題は解決しなかった。地図の索引に会場が載っていなかったからである。そこで最後の手段としてタクシーに飛び乗った。運転手に訊くと金山駅の近くだと言う。国電を利用すれば済んだのである。無駄な石油を消費しないでおこうという心がけは、今日は実行出来なかった。会場に着くと、まだ30分程時間が余った。雨は上がっていた。黄色い広葉樹の葉が広場の濡れたタイルに貼りついていた。気温は高いが確実に冬は近付いているようだ。

今日の演出は流行の、光と影のような、舞台を簡略化したものだったが、第二幕は良かった。暗赤色のヴェールが二人の恋人たちをはためきながら覆うのだが、非常に官能的であった。演出家が、頭を捻るのは悪いことではない。ただ、服装は大事である。今回は服装のために興ざめることはなかった。

【トリスタンとイゾルデについて】

愛が呪われるというのは本来ワーグナーの創作かも知れないが、19世紀後半の思潮をよく反映しているように思える。性愛という太古からの人間の営みが、現実の世界と矛盾を来すようになる。芸術家として、一社会人として現実の女性との交渉に齟齬を来すに至る。恐らくワーグナー自身、ある女性に出会うまでは、恋愛によって本当に幸福になれたことがなかったと言ったのは、全くの誇張ではなかったのかも知れない。少なくとも18世紀まではそんなことは起きなかったのではないだろうか。互いに想い合っていた二人が、愛の魔酒の力を借りなければ愛を成就することが出来ないというのは、いかにも生に倦み疲れたヨーロッパの嘆きを伝えるようだ。トリスタンが健全な精神の持ち主なら、傷が癒えた時点でアイルランドに使者を立てて、イゾルデに求婚したであろう。マルケ王もそれを祝福し、両王家の和解の宴を催したとなれば、幸運なドラマになったはずである。しかしトリスタンは本質的に破滅を求める病的な性格であったためにワーグナーの作品の主人公として物語が成立する。

物語の仕組みは解りにくいが、作中人物の語りを総合すると、アイルランドの勇士で、イゾルデの婚約者であるモロルトを倒したと同時に負傷したトリスタンが、身分を偽って名高い医術を使うイゾルデを訪ねる。イゾルデは傷の介抱をしてやっているうちに、この高貴な勇士に愛を抱くようになる。この時点の二人の関係はかなり親密になっていたと考えないと、後の展開が理解しにくい。恐らくお互いに宿命的な出会いであったに違いない。しかし偶然イゾルデはトリスタンが許嫁の仇であることを知ってしまう。剣を振り上げて仇を討とうとするが、生命への意思を捨てているトリスタンの視線に合うと剣を取り落として、そのまま治癒に近くなるまで保護してやる。ところが帰国したトリスタンは、イゾルデをマルケ王の妃に迎える話に賛成し、自ら使者となりイゾルデを乗せた船の舵取りとなる。ここは王の命令によりしぶしぶ出かけたというより、自ら使者の役を買って出たようである。「昼のたくらみ」により最高の栄誉を得るためにマルケ王への忠誠を貫く気持ちと、イゾルデを無事送り届けた後は自殺しようという計画との間を揺れ動く。この二重人格的な性格がそのまま昼と夜の世界の対立となる。

各幕の始まりの音楽は特筆に値する。第一幕はテノールの船乗りの歌声、第二幕はホルンの狩猟の音楽、第三幕は木管楽器の牧笛の歌によって、我々は聴覚から物語の場面に一瞬にして引き込まれてしまう。

やがて物語はロマン主義の極致とも言うべき夜の賛美へと進展し、音楽も、最も官能的な半音階的進行となる。ここで忘れてはならないのは、この第二幕の音楽は物語の情景と切り離しては恐らく存在し得ないだろうということである。もしもこの旋律や和声が純粋音楽として交響曲かソナタの形式で演奏されたとしたら、我々は居たたまれなくなって逃げ出すのではないだろうか。まさに音楽と言葉の結合というワーグナーのロマン主義者としての真骨頂であろう。

19世紀末の音楽の行き詰まりはワーグナーの新しい和声によって、一時的に、ともかくも打開された。多分他のもっと健康的な手段によって何かを生み出すことは、不可能であったに違いない。唯一残された音楽芸術に対して、謙虚な尊敬と愛情を持つべきであろう。我々の中にあるワーグナーに対する不満も、実は矛盾だらけの疑惑に満ちたものなのである。

八、ロマン派の交響曲

ロマン派の交響曲を聴きに東京に三泊することになった。ブルックナーの『第八番』（金曜日）、モーツァルトの『ピアノ協奏曲23番』とブルックナーの『第九』（土曜日）、チャイコフスキーの『悲愴』（日曜日、横浜）である。

ブルックナーはダニエル・バレンボイム指揮のベルリン国立歌劇場管弦楽団である。バレンボイムは南米生まれのロシア系ユダヤ人で、幼少から天才少年と言われ、多くの偉大な指揮者に誘われた。フランスで教育を受けた時に、『平均律ピアノ曲集』を転調するように指示され、間違えると定規で指を指摘されたという。若い頃はバッハの音楽で育ったと述べている。

13歳の時にフルトヴェングラーに誘われたが、両親がまだ幼いからと言って断ったそうである。ただ実情は、戦後間もないのに、ナチスドイツの首都であったベルリンで演奏するのは、ユダヤ人としてはばかられたということである。

後年カール・ベームがマウリッツィオ・ポリーニ氏とコンチェルトを録音したように、オットー・クレンペラーがバレンボイム氏と組んで録音した。

第一夜：ブルックナー第八交響曲

ブルックナーの『第八交響曲』は、部分的には非常に美しい部分もあるが、全体としては疑惑を免れがたい。おそらく最初に完成した版（1887年初稿）が、私の勘では、最良であったような気がする。ブルックナーは第一稿を、『第七交響曲』を初演してもらったヘルマン・レーヴィに送った。しかしレーヴィは理解できずに、ブルックナーを深く失望させた。そして3年後に第二稿を完成させた。話が複雑なのは、彼の弟子のシャルク兄弟らが、師匠の交響曲を世間受けの良いように手を入れたからである。ブルックナーに無断で変えたところもあったという。20世紀に入って、ブルックナーの自筆譜をもとに、原典版を創ろうという試みが始まった。しかし、それは困難を極めた。最初はローベルト・ハースが、続いてレオポルト・ノヴァークが行った。『第八交響曲』のフィナーレに関して言えば、ブルックナーが7カ所、3～10小節にわたって第二稿で削除した部分を、ハースによる改訂版では5カ所復活させた。ノヴァークは二つの版の混淆が誤りだと考えて復活させなかった。そのため、原典版に二種類存在することになった。（レオポルト・ノヴァーク『ブルックナー研究』樋口隆一訳、音楽之友社、2018年）

第一楽章は素晴らしいソナタ楽章だが、コーダが非常に美しく盛り上がって、そのままフォルテで終われば良いものを、ピアニッシモの繰り返しで曲が終わっている。初稿ではフォルテで終わったそうである。スケルツォは非の打ち所がない。この素晴らしいスケルツォはリズムが特徴的である。特にタン、タ、タ、タ、タ、という繰り返しが短調で出てくるところは心が躍るような気がする。アダージョは崇高で美しい曲であるが、やや冗長に感じる。

フィナーレの提示部はすばらしい。問題は、展開部と再現部の後半が、多分後で手を入れた箇所かも知れないが、つぎはぎを当てたように繋がりが悪い。3カ所ほど、前後の楽想と比べて陳腐に感じるので、果たしてブルックナー自身の手によるものか疑惑を感じる部分がある。オットー・クレンペラーのCDに、この部分を削除した録音があるが、彼もこの部分が気に入らなかったのだろう。コーダはまことに素晴らしい。彼の改訂癖がなかったら、初稿のまま残って、『第九交響曲』も完成する時間があっただろうから残念である。

ギュンター・ヴァントが指揮したハース版のCDを聴いてみると、学問的には良くないと言うのだが、フィナーレはまだしも繋がりが良くてこちらの方が私は好きである。ところがアダージョはなぜかノヴァーク版の方が自然に聴こえる。

このハ短調交響曲が有名なベートーヴェンのハ短調交響曲のように、暗から明へというステレオタイプな解釈をすると、この曲の本質が見えないと思われる。

バレンボイムはかなり大きな音を鳴らしている。金管楽器も音が割れたりしないで、この楽団の技術の高さも感じられた。

ブルックナーの『第九交響曲』に関しては、どの部分をとっても非の打ち所がない。交響曲の歴史の叢林にそびえ立つ傑作である。その差はどこにあるのか。この傑作を書くまでに、これほどの長年にわたる悪戦苦闘が必要だと言うことだろうか。

第二夜：ブルックナー第九交響曲

サントリーホールで『第九』を聴いた。この曲を聴くのは緊張する。開演まで暇があったのでパンフレットを見ていると、ブルックナーが最も影響を受けたのは、バッハ、ベートーヴェン、ワーグナー、ブラームスだと書いてある。確かに『第九』の始まりはベートーヴェンの『第九』に似ている。調性も同じニ短調である。ロマン派の音楽家でベートーヴェンから影響を受けなかった人はいないだろう。ワーグナーからの影響も明らかである。しかしブラームスとの関係はよく解らない。同時代人にしてはブルックナーの方がかなり前衛的である。時代は明らかにブルックナーの方が先に進んでいる。私はむしろシューベルトの影響が大きいと思う。シューベルトの『第九』に多くの共通点を見いだすことができるからである。金管楽器の多用、第三主題、管楽器が主旋律を歌い弦が伴奏する、ユニゾンの大合奏、繰り返しの多用などである。

ブルックナーの『第九』は一体なんという曲だろう。三つの楽章のどの部分を取っても非の打ち所がない。同時代人の誰よりも半音階進行が進んで、20世紀の音楽のようだ。第一楽章は何とも暗く美しい音楽で、出だしのD音のトレモロから、明らかに死を意識させる。恐ろしい第一主題とは裏腹に、叙情的な第二主題とそれに続くパッセージが実に美しい。コーダの盛り上がりが素晴らしい。『第八』と違って自信に満ちており、最後はフォルテで終わっている。

スケルツォのトリオは耽美的で、冷たく、デモーニッシュで、無政府主義的な夜の踊りのようである。

アダージョの主題は非常に美しい。作曲者自身が彼の最も美しいアダージョと言った。副主題も諦念に満ちた美しい旋律である。両主題とも、テンポが十分に遅くないとその感じが出ない。コーダの前の恐るべき不協和音は、まるで西洋の破滅を予告しているようだ。この後に、どんなフィナーレが来るのか、想像しがたい。あるいは、フィナーレを完成する年月が残されていなかったことが、この恐ろしい音楽を生み出したのであろうか。

サイモン・ラトルのCDに『第九交響曲』の完成版（四楽章版）があるので、聴いてみた。フィナーレの提示部は時代がさらに進んだように聴こえる。中では第三主題が最もすばらしい。美しい荘重な宗教音楽のようだ。展開部以下はあまり補筆がうまくいったとは思えない。自筆譜が散逸してしまったのだから無理もない。

バレンボイム氏の解釈は納得がいくものだった。第一楽章のコーダの金管楽器もよく聞こえていた。無意味な隙間を開けることもなかった。

今夜のように尊敬すべき解釈もあれば、最近の演奏には疑問を感じることもある。西洋音楽に対する研究が集積されるのは良いが、問題は、何がその曲の本質であるかである。20世紀前半のロマン主義的解釈、その後の楽譜に忠実な解釈、それらは理解可能である。最近はそれまでになかった新奇な解釈が標榜されているようだ。今までに誰もしなかった解釈というのだが、私にはそれが曲の本質ではないと感じることがしばしばある。ある程度の陰影付けは演奏者の裁量である。しかし楽譜にない極めて不自然なリタルランド、当然フォルテであるのにソフトに演奏してみる、フォルテであるのにフォルテッシモにしてみる、そのために曲の流れが途絶える、ダイナミックにしようと曲に隙間を入れる、など私には音楽に対する真摯さが欠如しているように見える。作曲者の意図を考えて曲を再現するより、自己主張をしているだけに見える。

サントリーホールで入手した、バレンボイム氏の『音楽論』を読むと気付かされることがあり興味深かった。例えば、ベートーヴェンの作品13のソナタの出だしは静寂を破って始まるが、作品109では既に流れている音楽に乗りかかるように、音楽が始まるという考えである。そうすると開始のテンポや入り方は自ずと決まってくるであろう。彼の偉大な先輩の話も興味あるものだった。

第三夜：チャイコフスキー第六交響曲

昼前に一人で京浜東北線に乗って桜木町に出た。天気は晴れて2月にしては暖かい。みなとみらいに向かう歩道橋の辺りから、港の船とか入り江の情景が美しかった。ランドマークタワーで昼食にした。昨年入った店でパスタを食べようと思ったら、予約していないので断られた。入れそうな店を探してうろついていると、魚河岸という寿司屋に空席があった。酒は飲まないつもりだったので、予定が狂ったが仕方がない。三重県の銘酒「而今」を飲みながら、寿司10貫と赤出しを食べた。

その後、みなとみらいホールの近くの海が見える広場で、ひなたぼっこしながら聖書に関する本を読んでいた。「創世記」はいわば神話の世界である。私はブッダを尊敬するので、聖書を信じてはいないが、教養として必要だから読んでいる。自然科学が発達すると神の居場所は無くなり、信者の心の中にしか棲めなくなった。むろん西洋でも無神論者も多いだろう。ドイツでは最近教会税を納めない人が増えたという。その点原始仏教は、科学が発達しても齟齬を来さないので私は好んで読む。しかし中国を経て日本に入った仏教は、禅仏教を除いてかなり異質な宗教になった。仏を拝むとか、極楽往生の概念などは、釈迦仏教とは無縁で日本仏教に特有である。日本では死んだ人を仏というのも独特である。

そのうち友人Tから、ホールに着いたというメールが入った。

今日の曲目は、チャイコフスキーの『ピアノ協奏曲第1番』と『悲愴』である。「昼飯は寿司屋になってしまった。酒も飲んだ。コンチェルトの途中で眠ってしまうかも知れない。『悲愴』の展開部で目が覚めたり」

「え、そこまで寝てしまう」

『悲愴』の第一楽章は管楽器による旋律の美しさが譬《たと》えようもない。第二主題の合間にフルートとファゴットによって歌われる旋律は独特の美しさである。展開部の激しい部分と優美な第二主題との対比は強烈である。展開部の金管楽器が咆哮する部分は、ショスターコーヴィッチなどの20世紀の音楽を予言するようだ。私は展開部の開始を告げるフォルテッシシモが苦手である。心臓に良くない気がする。非常に闘争的で破滅的な展開部から優美な第二主題が再現される。コーダにかけて少し希望を感じさせる気分で終わる。

ワルツは素晴らしい。チャイコフスキーが管弦楽でワルツを書いたら最高である。それはロシアの上流階級の舞踏会を連想させる。肺を患った貴族の若い女が社交界で憂き身をやつす。しかし数年後には冷たい墓石の下で眠るというチェーホフの短編を思わせる。暗い中間部はその悲しい結末のようだ。スケルツォは極端に色彩的でないのが好きである。おそらく彼の最良のものであろう。

フィナーレは連綿と続く嘆きの歌である。いくら何でもそれはないだろう、というほどの徹底した嘆きである。若い時は、主題の前に現れる六度とオクターブの連続音が実に気持ち悪く、土臭く感じて嫌だった。それがロシアの民族性だと思っていた。今はそう嫌でもない。清浄なレクイエムを思わせる弦楽器の旋律と、最後の抵抗のようなフォルテッシモの部分とが交錯する。最後はピアニッシモで何時となく終わる。フィナーレがアダージョというのは、その後マーラーの晩年の交響曲に見られる。チャイコフスキーの影響かどうかは解らない。チャイコフスキーは友人への手紙に、『悲愴』が自信作であることを告げている。「私の魂の全てを注ぎ込んだ」と書かれている。従って、この時点では、彼は死を意識していないように見える。

初演の9日後に、チャイコフスキーが死んでしまったので、自殺説が流れた。しかし現代では、同性愛者だった彼が若い貴族に言い寄ったため、皇帝に近い官吏の知るところとなり、ヒ素を飲まされて死んだという。そう言えば、結婚した女性を愛することができなかったのも、同性愛者であったとすると理屈が通るのである。

「『悲愴』の生演奏は初めてだけど良かったね」

「うん、すごく良かった」

「フィナーレはどう聴いても滅び行く者の音楽だね」

「でも作曲者は、この時はまだ死ぬとは思っていなかったよ」

「それでも、間違いなくこれは滅び行く者の音楽としか言いようがないね。フルトヴェングラーが戦後、『悲愴』を好んで演奏した気持ちがわかるような気がする」

「確かに、死を意識していない人が、フィナーレのような音楽を書くかね」

「でも、それがチャイコフスキーなのかも知れないよ」

「最後の交響曲はどれも化け物みたいね、ブルックナーもそうだったし」

「そう言えば、ベートーヴェンやシューベルトも『第九』は化け物だね」

「『悲愴』は何故こんなに暗いのだろう。19世紀末のロシアの社会がそうだったのか。個人的にも彼が鬱病だったのは真実らしいが」

「メック夫人が音信不通になってからは経済的にも苦しかったのだろうけど」

「彼は何を一番苦にしていたのだろうね」

「……同性愛者だったことが苦痛だったのでは」

「うーん、難しいね、……よく解らないが、そう言われると否定できないかも知れないね。現代のように、性的少数者に対する理解もなかったし、東方教会の力が強かった時代だからね。つまり発覚したら命がない」

チャイコフスキーがチェーホフ、トルストイ、ドストエフスキーと同時代人だったということは、考慮に値するだろう。19世紀末のロシア独特の暗さである。果たして彼は同性愛者であることを呪ったのだろうか。

「チャイコフスキーは、モーツァルトのピアノソナタはどれも偉大な作品とは言えないが、彼はモーツァルトという人間を愛しているから、ソナタの全曲が好きである、と言っている。君はそんなことある」

「そういうことはないね。どんなに尊敬する人の作品でも、何曲かは好きでない曲はある」

「うん、それが普通だろうね」

チャイコフスキーが同胞に向けた音楽評論（サハロワ編『チャイコフスキイ——文学遺産と同時代人の回想』岩田貴訳、群像社）を読むと興味深い。彼はバッハのフーガを好んで弾くが、バッハを偉大な天才とは認めていないと書いている。バッハのことをそんなふうに言った人を私は他に知らない。彼はベートーヴェンの晩年の曲が嫌いで、特に弦楽四重奏曲は嫌悪していたという。一方、彼はモーツァルトが大好きで、ショパン、リスト、ワーグナーの音楽を好んだ。彼が、バッハと晩年のベートーヴェンの沈潜した、冷たい星明かりのような抽象的な音楽ではなく、甘美な魅惑的な旋律や、豊かな感情表現、情念の渦巻く音楽を好んだことの裏付けである。これはチャイコフスキーの音楽を理解する上で重要なことである。彼にとって、音楽とは感情表現そのものだったのである。

「モーツァルトは音楽の世界で美が到達した頂点である」

彼はそう言った。確かにそれは当たっているように思う。

外はまだ明るかった。Tに4月のポリーニ氏のリサイタルのチケットを手渡した。

「次は4月だね」

横浜線の電車の中で彼と別れた。

九、マウリツィオ・ポリーニ氏が3年ぶりに日本で演奏（平成28年）

マウリツィオ・ポリーニ氏が３年ぶりに日本で演奏する。曲目はシューマン、ショパン、ドビュッシーである。

氏は先週、川崎市で既にほぼ同じ曲目を弾いている。シューマンがドビュッシーの『前奏曲第2集』に変更になったという。川崎で聴いた知人の言では、ショパンの曲では隣の音を一緒に鳴らしてしまったことが何度か耳についたということだ。数年前からポリーニ氏の完璧なテクニックは衰えを見せている。年齢的に致し方ないことである。それをどう解決されるか興味を感じた。

今夜の公演は予定通りシューマンとショパンだったが、その前に最近亡くなったピエール・ブーレーズ氏を偲んでシェーンベルクの六つの小品が演奏された。無調の独特の響きの曲である。

シューマンは『アレグロロ短調（作品8）』、『幻想曲ハ長調（作品17）』、ショパンは『舟歌』、『ノクターン作品55』の2曲、『子守歌』、『英雄ポロネーズ』であった。アンコールが『革命のエチュード』、『スケルツォ3番』、『ノクターン8番』であった。今回のポリーニ氏の演奏は、完璧なテクニックはすでに望めないが、そこは長年弾き馴れた曲であるので、部分的にゆっくりめのテンポで演奏したり、また攻めるところは攻めたり、幅のある味わい深い音楽にまとめている。まだまだ身体が許す限り、我々の前で素晴らしい演奏を披露してくれることだろう。

*

翌日新宿まで行き、コローからマティスに至る、樹を題材にした展覧会を観た。西洋では旧約聖書以来、樹は人間の身近な存在だったという。かえでの葉一枚が一つの世界であると詩人は言うが、樹一本で十分絵になるのである。その見事な枝ぶりは、昔から人間の驚嘆の的であった。バルビゾン派には当然樹を描いたものが多い。印象派、ポスト印象派から20世紀にかけて、樹も肖像画と同じように、個性の強い画風に変わっていった。アンリ・マティスの『オリーブの並木道』が特に印象に残った。樹と言えば、ゴッホの『糸杉』を真っ先に思い浮かべるが、残念ながら今回はなかった。

そのついでにブックファーストで本を見て回った。第二次世界大戦中のドイツの音楽家がどう動いたかという話、堤未果氏の本（腐敗して堕落してゆく民主主義と称する日米政体の欺瞞）、吉田松陰に関する本などである。

タワーレコードでCDを探そうと思ったが、渋谷駅のハチ公口を出たところで予定変更になった。凄まじい雨風でピザの配達の自転車はなぎ倒されるし、傘が裏返って女の子が悲鳴を上げるなど、とても歩ける状態ではなかった。辛うじてタクシーを拾ってホテルに戻った。そこで昼食を食べながら、天気の回復を待った。先刻買った本にも目を通しているうちに、雨に濡れたズボンは乾いた。

＊

2日後、午後からポリーニ氏のコンサートを聴きに、再び東京に来ている。

今日は友人Tも長野から出て来て、夕方ホテルで落ち合って軽食を食べた。

曲目はショパンの『前奏曲（作品45）』、『幻想ポロネーズ（作品61）』、作品59の『3曲のマズルカ』、『ノクターン（作品62）』の2曲、『スケルツォ3番』、それからドビュッシーの『前奏曲第2集』であった。アンコールはドビュッシーの『前奏曲第1集』から1曲と、ショパンの『バラード第1番』であった。とりわけ『幻想ポロネーズ』が素晴らしい演奏であった。妖しくも美しい旋律を含め、多くの楽想が入り乱れ、まとめるのに難しい曲だが、実に見事な演奏であった。氏のモーツァルトを弾くようにショパンを弾く、ショパンを弾くようにモーツァルトを弾く、というまさにその言葉を実践した演奏であった。もちろんルバートを用いないという意味ではなく、歌うべき所は十分歌っている。

大事なことは、ショパンは甘美なだけの民族音楽などでは決してなく、ベートーヴェン、シューベルトと、ワーグナー、ブラームスの間に介在する重要な音楽家である。彼は大胆な和声と半音階進行など革新的な手法を切り拓いた。特に晩年の大作は、ブラームスが洗練の極致だと言って絶賛したと伝えられる。

ワーグナーの無限旋律はショパンが元祖だと私は思っている。『バラード第4番（作品52）』の、再現部に音符が細かく刻まれて、盛り上がっていくところは、なぜか『トリスタン』のある場面を思い浮かべてしまう。

ブラームスの『変ロ長調ピアノコンチェルト（作品83）』のロマンチシズムは、ショパンの介在なしには存在し得なかっただろう。特に緩徐楽章は、ショパンの『チェロソナタ（作品65）』の緩徐楽章と共通点がある。ショパンは生まれこそポーランド人だが、ドイツロマン主義音楽の本流のようなものである。それを十分理解すれば、自ずと演奏スタイルが決まるのである。ポリーニ氏はそのお手本を示してくれた。

Tとホテルのテラスでワインを飲みながら、音楽の話をした。

ポリーニ氏は以前のような完璧なテクニックは望めないが、長年弾き込んだ曲は、自在にテンポも工夫された柔軟な演奏で、また味わい深いものである。バッハの『平均律第2集』をぜひ録音して欲しいと前々から思っている。それからベートーヴェンの晩年のソナタの再録音である。たぶんポリーニ氏の体調などを考えると、それらの録音は最早無理なのかも知れない。非常に残念であるが。

他に、クナッパーツブッシュ指揮のローエングリーンのＣＤが出たという話などもした。

ドビュッシーの『前奏曲』は１９１０年以後の作品であるが、それまでのロマン主義的な音楽とは一変した。彼はドイツロマン主義に背を向けて、ラテン的で前衛的な音楽を求めたのであろう。ヨーロッパ人の偏狭なナショナリズムに彼もとらわれたのかも知れない。それがやがて世界大戦に発展するのである。しかし私はこの頃のドビュッシーはあまり好きではない。むしろシェーンベルクの不思議な響きの方を好む。

この普仏戦争から第二次世界大戦の間は国家間の緊張や、ナシコナリズムが渦巻く不安定な時代であった。第一次世界大戦中、ドビュッシーはサン＝サーンスと共に、反ドイツキャンペーンに従事した。ドイツロマン主義に対しても反発したに違いない。「敵国の音楽など聴けるか」と叫んだ人がいたらしいが、どこか判然としないものを感じる。真に芸術を愛するなら、敵国も同盟国もないはずである。ヘルマン・ヘッセとロマン・ロランの交友がその良い見本である。

ドビュッシーは知人に、普仏戦争はドイツにリヒャルト・ワーグナーがいたから負けた。しかし今度の戦争（第一次世界大戦）はドイツにはリヒャルト・シュトラウスしかいないからフランスが勝つと言ったそうだ。誠に滑稽としか言いようがないが、戦争と音楽を結びつける発想が、ナチスをワーグナーと結びつける発想につながったと思われる。一方普仏戦争に勝ったドイツでは、ドイツ文化がフランス文化を打ち負かしたという妄想が流行したようである。ニーチェは次のように述べている。「フランス文化は依然として存続しており、我々はそれに依然として依存しているのである。ドイツ文化は武器の成果に一度も加勢しなかった。厳格な軍規、天性の勇敢と耐久力、指揮者の卓越、指揮される側の統一と服従、要するに文化とは何の関わりもない要素が敵に対する勝利をもたらした。(『反時代的考察』小倉志祥訳、ちくま学芸文庫より引用)」

画家のクロード・モネもこの辺りから変貌した。第一次世界大戦の間、彼はイギリスに避難していた。それまでの絵画をロマン主義的と言うなら、以後は抽象画に似てきて、音楽で言えばドビュッシーの変化と似ているように思える。単に彼の視力障害だけがその原因ではないように思う。多くの芸術家が第一次世界大戦を機に、ロマン主義を捨てて前衛的な作風に走ったのであった。情感あふれる作風から無味乾燥な、瓦礫《がれき》のような芸術(貶《けな》しているのではない)に変貌したのである。それが大戦以後のヨーロッパに相応しい芸術なのであった。フランス革命に始まる自由、平等、人類愛などのヒューマニズムに対する信頼も、人間の理性に対する信頼も、すべて崩壊してしまったのである。シラーの理想主義は色あせた、白けたものとしか見えなくなったのであろう。ドビュッシーやモネもまた、深く傷付き絶望したヨーロッパ人の一人であったに違いない。

一〇、最後のピアノソナタを聴きに　1

アンドラーシュ・シフ氏のリサイタルのために、雨の中、東京に着いた。

アンドラーシュ・シフ氏は今夜と明後日にハイドン、モーツァルト、ベートーヴェン、シューベルトの最後のピアノソナタを演奏する。今夜は最後から二番目のソナタである。

モーツァルトのピアノソナタは、彼の作品中重要な分野ではないが、単純な旋律がとても高貴である。単なる音階やアルペッジョではない自然な音のつながりと和音が、我々を満たされた気分にさせる。例えば、20世紀の音楽を聴いた後に、モーツァルトのピアノソナタを聴くと、救われた気持ちになる。

彼のピアノ・コンチェルトのピアノパートやカデンツァを聴いていると、湧き出るような天才の技に驚嘆させられる。

ベートーヴェンの晩年のピアノ曲に見られる不協和音には、非常に近代的な響きを感じる。半音を並べて鳴らすと濁った音がするが、オクターブ離すことによって中間の音とよく調和して美しい響きになる（例えば『ソナタ30番』第一楽章の第二主題）。減七の和音とは全く異なって、独特の美しい響きである。この和音は以後、ショパン、ブラームス、ドビュッシー、さらにシェーンベルクに受け継がれた。また20世紀のジャズの基本形としても広く用いられた。

モーツァルトによって古典主義が完成された後、ベートーヴェンとシューベルトが、その殻を破るべく様々な工夫をした。その結果、両者とも晩年には非常に完成度の高い、非の打ち所がない音楽に到達した。ベートーヴェンは晩年には驚くほど自由な書法に到達した。ソナタ形式が一本の線のように流動的に流れたり、旋律が大胆に跳躍したり、転調も自由自在である。『ソナタ31番』の第一楽章は単純な書法で無限の表現を求めた曲で、それは『30番』の第一楽章とも共通する。その響きにただただ聴き入るばかりである。第三楽章の嘆きの歌をシフ氏はやや速めのテンポで弾いた。ここは遅すぎると、次々転調して行く微妙な味が伝わらない。フィナーレは鏡像フーガ、拡大および縮小フーガなどの諸技法が隠されており、ピアノソナタの形式に融合されたベートーヴェン流のフーガである。流動的なフーガがコーダで盛り上がって終わる。ベートーヴェンはもちろんバッハを尊敬していたが、ピアノソナタにフーガを持ち込むには、晩年のモーツァルトのフガートもお手本になったような気がする。

シューベルトの『イ長調ソナタ』は最後の三つのソナタの中で最も優れていると言う人があるが、私もそうかも知れないと思う。第一楽章がよくまとまっており、構成も申し分ないからである。ロンドソナタ形式のフィナーレは、シューベルトの歌がちりばめられ、展開部も充実している。このソナタは裏に暗い情熱が流れており、演奏はデモーニッシュで不気味な面をはっきり出すべきである。第一楽章の提示部の終わりの盛り上がりは、暗い情熱が渦巻いている。中でも第二楽章は晩年のシューベルトの絶望と悲しみの爆発である。彼はこの2カ月後に死ぬとは思っていなかったであろうが、せっかく到達した彼の作風が、病気のために、やがて人生と共に終わらせられる不条理に、悲しみと怒りを感じていたのではないか。フィナーレの展開部はベートーヴェンの『嬰ハ短調ソナタ』（第一楽章）に似た部分がある。彼はベートーヴェンを尊敬していたのである。

アンコールはバッハ、モーツァルト、ベートーヴェン、シューベルトの四人の曲であったが、それぞれ作家の特徴がよく表れており興味深かった。

翌朝は一人で庭園を眺めながら朝食を食べた。BGMに昨夜友人と聴いたモーツァルトのソナタが流れていた。彼は昨夜のうちに帰宅した。以前は彼と演奏会の後にワインを飲みながら、音楽の話をしたものだった。それも彼の仕事の都合でできなくなった。

アンドラーシュ・シフ氏はハイドン、モーツァルト、ベートーヴェン、シューベルトのソナタを休まずに弾かれた。アンコールに、シューベルトの三つの小品の二曲目、バッハの『イタリア協奏曲』、ベートーヴェンの『バガテル（Op.126-4）』、モーツァルトの『ハ長調ソナタ』（第一楽章）、シューベルトの『楽興の時』。氏の体力と集中力には驚嘆した。シューベルトの小品は、ブラームスが、埋もれていた楽譜に手を入れて弾ける形にしたという。中間部は♭が7個という珍しい調性である。♭をすべて取っ払ってイ短調にすれば演奏が容易になるが、そうはいかないのである。古典調律ではイ短調は純正律に近く、澄み切った美しい短調であるが、変イ短調は三度が広いので（五度は純正）、暗い短調になる。シューベルトは意識的にこの調性を選んだのである。そのことからシューベルトの時代も、バッハが採用したと考えられている、ベルクマイスターの調律法をイメージして作曲したのではないかと推測される。オクターブを12等分した調律法では、この調性の性格が出ないからである。ベートーヴェンにも♭が6個の曲が臨時にF音に♭が付いて一時的に変イ短調になる曲もある（例えば31番の『嘆きの歌』）。大胆な転調によって、調性を自由に使いこなしたのはベートーヴェンとシューベルトが最初であった。

一一、最後のピアノソナタを聴きに　2

今夜は文字通り、ハイドン、モーツァルト、シューベルト、ベートーヴェンの最後のソナタである。最後のソナタと言っても、モーツァルトは亡くなる2年前の作品だが、なお多くの室内楽、オペラ、レクイエムなどを残した。ベートーヴェンはピアノソナタと並行して、『ミサ・ソレムニス』と『第九交響曲』に発展して、最後は一連の弦楽四重奏曲を残している。しかしピアノソナタに関してはこれで終わりという認識だったのではないだろうか。シューベルトの場合は文字通り、死の直前の作品で、彼の到達点と言って良い。『第九交響曲』、『ハ長調弦楽五重奏曲』、ハイネの詩によるリート、『ミサ曲変ホ長調』、最後の三曲のピアノソナタなど明らかにシューベルトが新しい作風を確立したかに見えた時、シューベルトは人生を終えることになる。彼は、偉大な先輩ベートーヴェンの後に、果たして意味ある作品を残せるか、絶えず自問していたように思う。これらの作品のジャンルが、ベートーヴェンの晩年の作品のジャンルと重なるからである。

モーツァルトは初めて聴く曲でもモーツァルトとわかる。音楽法則そのもののような、自然児の音楽であるからであろうか。モーツァルトのピアノソナタには、ピアノコンチェルトやピアノ四重奏曲に見られる天才の技があまり聴けないのが残念である。だが、その単純な故の美しさに惹かれるのである。古き良き時代に対する憧憬かも知れない。美しい自然の中を馬車が走り、現代のような車の排ガスと騒音に悩まされることもなかった。人も少なかったし醜い建造物もなかった。まして、町中で爆弾によって不慮の死をとげることなどなかった。しかし、教会に仕えることを拒否したモーツァルトは窮乏状態に陥り、ウィーンの聴衆にも十分には理解されずに、病気によって若くして死去した。その意味では芸術家にとって、決して良い時代でもなかった。モーツァルトにとって、中身のない軽薄な司祭や貴族に頭を下げなければならないことは、忌々しいことであった違いない。ただ、最近の研究では、モーツァルトはウィーンの宮廷から高額の報酬を得ていたが、金遣いが荒くて貧乏に陥ったとも言われる（クリストフ・ヴォルフ『モーツァルト最後の四年』礒山雅訳、春秋社）。

音楽史全体から見ると、モーツァルトは明らかに音楽史の少年～青年期に相当する。ベートーヴェンは壮年期、ブラームスやワーグナーは老年期に相当であろうか。35歳で亡くなったモーツァルトは十分老成したという意見もあるが、私はそうは思わない。『レクイエム』でさえ、若くして死を迎える人の作品に違いない。

モーツァルトの『ハ長調ソナタ』は、二夜ともアンコールで聴かせてもらった。この曲は初心者用に創られたソナタと言われている。ひょっとしたら、プロシア王の王女のために創ったという伝説の曲はこれではないかと私は思っている。

ハイドンは人を食ったような所があり、所々美しい部分もあるが、何故か自分で弾いてみようとは思わない。ロマン主義以後の音楽を耳にしている我々には、魅力に乏しく聴こえてしまうのであろうか。

ベートーヴェンの最後のソナタは減七の和音で始まる劇的なソナタ形式の第一楽章と、対照的な美しいアリアに付けられた変奏曲の第二楽章からなる。この減七の跳躍はモーツァルトのレクイエムのキリエの減七の跳躍と関連があるという。第二楽章は音符が次第に細かくなって、天国的な世界に変わっていく。シフ氏のアリアのテンポは適切だった。ここを拍子が解らなくなるほど遅く弾く人があるが、私は好まない。第三変奏は喜びを表現したような長調部分と、星がきらきら輝くような短調部分からなる。『第九交響曲』の先駆のようなものを感じる。ベートーヴェンは、ピアノソナタで試みたことを、交響曲に活かしたというポリーニ氏の指摘の通りである。第四変奏では細かい三連符が連綿と、もはや引き返せない高みに昇ってしまう。瞑想的で魅力的な間奏を経て壮大な最終変奏に至るのはベートーヴェンの変奏曲形式の型である。この曲は以後、もはやピアノソナタは書けないという曲である。その後にピアノソナタを書けたのはシューベルトとショパンのみであった。ベートーヴェンの晩年のソナタは、ピアノ音楽の域を超えており、壮大な宇宙のような世界である。その音が創る世界は深遠である。技術だけでなく表現が非常に難しい。またベートーヴェンの最後の三つのソナタは、通しで演奏しても良いようなつながりを感じる。

シューベルトの最後の三つのソナタは性格が異なるが、ベートーヴェンの最後の三曲に匹敵するかも知れない。むしろ、いずれもあまりに高すぎて私の位置からはどちらがより高いか判らないと言う方が正しいだろう。シューベルトのソナタは歌であるとよく言われ、ベートーヴェンとは全く異なる道を目指していた。

シューベルトの三つのピアノソナタは生前には出版されなかった。楽譜商に対する売り込みは失敗し、出版は10年後になった。後に楽譜商が今の順序にして出版したので、本来の順序は不明だと、シフ氏のインタビューに書いてあった。しかし私は今の順序で良いのではないかと思う。変ロ長調のソナタが冒頭から諦念に満ちており、現世への告別の歌のように聞こえるからである。トリルによって度々中断される第一楽章の主題と、この上なく美しい短調の展開部。虚無的な美しさの第二楽章。スケルツォでさえ、物悲しい響きである。フィナーレは一転して明るいが陰りは隠せない。延々と続くアルペッジョは天国的である。フィナーレの展開部は短いが見事である。第一楽章の味わい深い展開部と合わせて、この曲の大きな魅力である。第二楽章をシフ氏は死灰のようだと言っている。死灰とは火が消えて冷たくなった灰のことである。第二寂寥きわまりない主部の終わりからコーダにかけて、目まぐるしく転調を重ねる。一時的に#が7個の嬰ハ長調になる。この調性は私の知る限りバッハの『平均律クラヴィーア曲集』の第三曲以外にない。この調性は三度が最も広いので（五度は純正）、非常に緊張感を持った長調である。そのためシューベルトの諦念がよく表れているように思う。

シューベルトは死の前年くらいには、ウィーンでかなり知られていたようである。『ピアノトリオ（D929）』を中心とした彼の公開演奏会は好評であった。ウィーンでの喝采があまりにも遅すぎたと後世の人は言った。狡猾な楽譜商の中には、密かに彼の才能を見抜き、安く出版権を得ようとした者もいた。

アンコールは『ゴルトベルク変奏曲』のアリア、バッハの『パルティータ』第1番からメヌエットとジグ、ブラームスの『インテルメッツォ』、次はドイツ人でない音楽、それからモーツァルトの『ピアノソナタハ長調』の第一楽章、ここで友人が帰らなければならないので一緒にホールを出た。通路でシューベルト即興曲の二曲目が聴こえた。彼が思わず口走った。

「あっ、俺この曲好きなんだ、聴きたかったな。残念」

そう言いながらホールを出た。

「ハイドンとモーツァルトは一見似ているけど、モーツァルトの方がはるかに中身が詰まっているね」

「ハイドンはいいから、早く終わって欲しかった。そうしたら最後まで聴けた」

そう言ってしまうと身も蓋もない。老ハイドンに申し訳ない気がする。

「確かにハイドンは美しい部分もあるけどね、我々の耳には少し退屈かも知れないね」

中央線の四谷駅で彼と別れた。そして上智大学の横の暗い散歩道を歩いてホテルに帰った。一人で赤ワインを味わいながら、シフ氏のインタビューを読んだ。シューベルトのピアノソナタはケンプやブレンデルが取り上げるまで、あまり演奏されなかったようだ。それまでシューベルトの最後の三曲がベートーヴェンの最後の三曲に匹敵するかも知れないとは思われていなかった。演奏の難しさから言えばベートーヴェンとは比較にならないが、その美しい歌がちりばめられたソナタは魅力である。両者とも晩年は異なった意味で天国的な趣を持っている。またシューベルトは厳しい曲調の中に、ふと春風が吹いたような和声に変わるところが私は好きである（例えば『ハ短調ソナタ』第一楽章の第二主題への移行部）。まさに彼のリートの世界である。

一二、東京に遊ぶ　1

三泊ほど東京に滞在して、名所と美術館を訪ねた。

一日目の午前中は亀戸天満宮の梅見をした。

ホテルから桜並木のある散歩道を歩いて四谷駅に出た。総武線で亀戸まで20分程である。浅草橋を渡って両国、錦糸町の次が亀戸である。歩いて亀戸天満宮まで。大通りに出ると天満宮の案内広告があり、それに従って門前通りを見つけた。

天満宮は１６４６年に太宰府天満宮を模して造られた。池は心字池と呼ばれる。平日なので境内は閑散としている。表参道から鳥居越しに池にかかった石橋と本殿が目についた。池の周りに多くの梅が咲いている。歌川広重の『名所江戸百景』に亀戸天神境内があり、まるでそのままである（写真18）。白梅は満開に近く、紅梅は五分咲きくらいか。本殿の手前左右に枝振りの良い白梅と紅梅が植えられていた（写真19）。

今年は寒いので梅の開花は遅いようである。満開ではないが、それでも梅の香りを満喫した。京都の北野天満宮は最近足が遠のいてしまった。その代償に、今日ここで梅の香を楽しんでいる。白梅は白加賀が最も香りが強く、よく見る種類である。ほかに冬至梅、青軸冬至などが

写真18

写真19

あった。紅梅の名前はわからない。

天満宮通りを東に３００ｍほど歩くと亀戸の梅屋敷に出る。広重の『名所江戸百景』に出てくる梅の名所である。ゴッホが模写したことでより有名になった。勿論江戸時代の面影はなく、建物の中にある文芸館の絵を見て当時をしのぶだけである（写真20）。江戸時代、呉服問屋伊勢屋彦右衛門という人の別荘があり、その庭園の梅を目当てに、江戸中から人々が訪れたという。敷地はかなり広かったようである。明治になってから徐々に敷地が切り詰められていったのではないか。明治以後の政府に、風雅のために広大な土地を遊ばせておくという発想はなかったであろう。

文芸館の展示物は魅力であった（写真21）。お土産として並べられている江戸切子は実に魅力的で、つい手を伸ばしそうになったが、気が

写真20

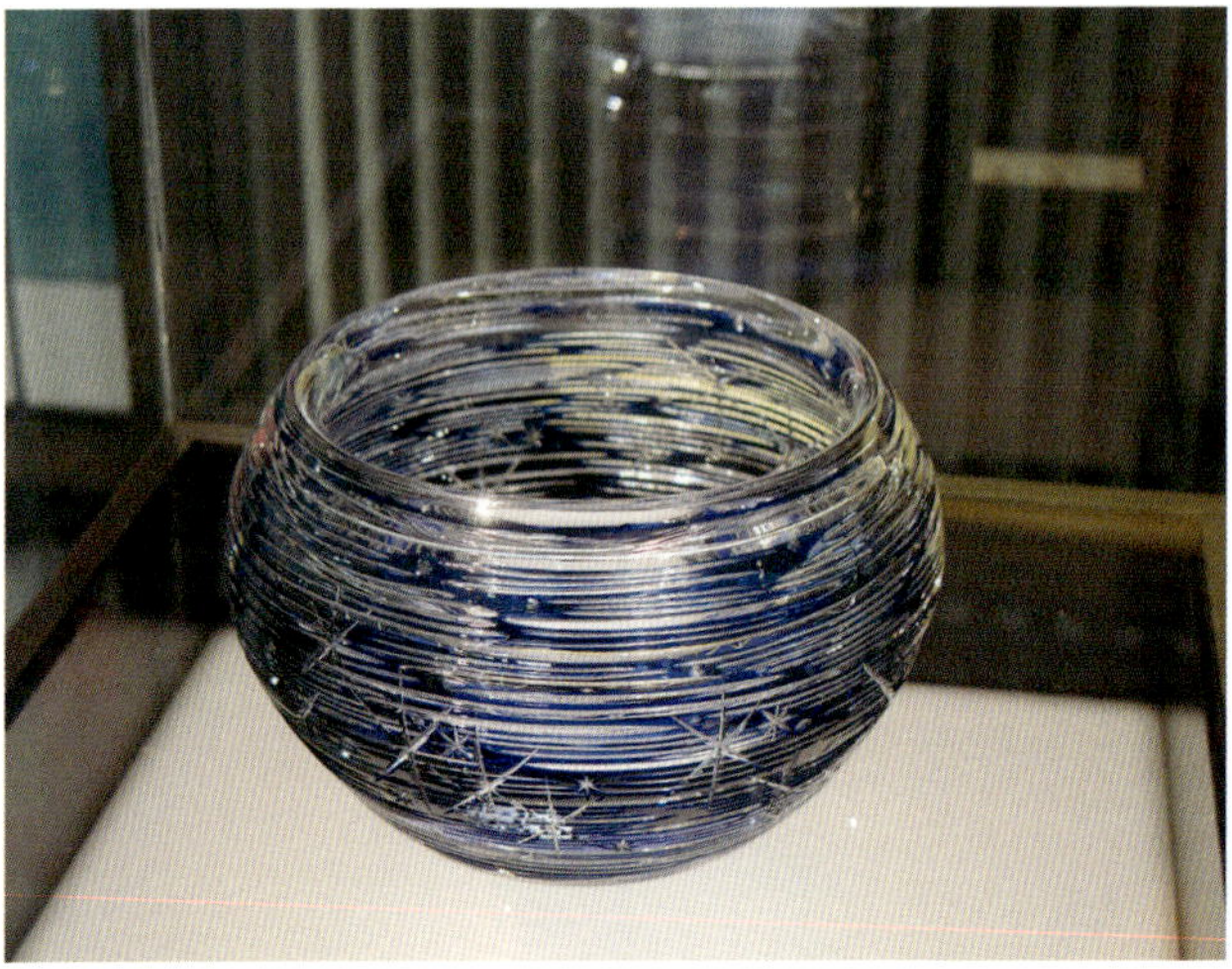

写真21

写真22

変わって止めた。

外で何本かの梅の木と、壁面の浮世絵を当時の面影として写真に撮ってみた。

明治通りの商店街を亀戸駅まで歩いた。そこからタクシーで富岡八幡宮まで。

先般刃傷沙汰で新聞をにぎわせた神社だが、勿論そんなことは私の関心事ではない。江戸時代、徳川家の保護を受け、深川八幡様として庶民に親しまれた（写真22）。広重の『名所江戸百景』にも描かれている。そこには二軒茶屋という有名な料理屋があって、カキ、シジミ、アサリ、ウナギなど深川の名産を供したという。

昼食を深川の名物である深川めしにする予定であった。しかし門前茶屋を探すのに随分時間がかかった。境内にある地図が間違っていたからである。西に広い道を挟んだところに描かれているが、散々歩き回っても見つからない。もう一度神社に戻って巫女さんに訊いてみると、全く別の方角だった。南の大通りに出て西に向かって歩くのである。そうすればまもなく門前茶屋があった。

深川めしというのは江戸時代の漁師めしのことで、当時はごはんにアサリの味噌汁をかけたぶっかけ飯だった。この辺りはアサリの好漁場であった。東京湾の埋め立てによって、漁場は次第に縮小していった。現在はアサリと炊き込み御飯を一緒に蒸篭で蒸すのである（写真23）。アサリが新鮮なので結構美味かった。

午後は上野に出て国立西洋美術館に行った。スペインの「プラド美術館展」が開催中である。

17世紀スペインの絶頂期、フェリペ4世がベラスケスを援助し多くの名作が生まれた。王はルーベンスの絵画も好んだ。美術に関する優れた鑑識眼を持っていたのであろう。ルネッサンスにおけるメディチ家、ルーカス・クラーナハにおけるザクセン選帝侯フリードリヒ3世などのように芸術にはパトロンが必要である。政治経済が頂点になった時に優れた芸術が生まれるのはそのためである。

ベラスケス、ルーベンスの時代に肖像画は完成されたように思う。その水準を超えることは不可能なので、後年の印象派、ポスト印象派、キュビズムにおける個性の強い独特の肖像画の変遷が見られる。

ギリシャ・ローマの神話を題材にしたものが多い。この辺は勉強不足でどういう場面なのかがわからない。画集の解説を読んでようやく理

写真23

解出来た。この時代は多神教であったので、キリスト教に支配された後の絵画よりも、題材の扱いがより自由に見える。

宗教画は聖書をある程度知っていると、どういう場面なのかわかる。例えば、ベラスケスの『東方三博士の礼拝』など物語そのものである。聖家族の絵は沢山あって食傷気味だが、ムリーリョの『小鳥のいる聖家族』は優れた絵である。各人物の表情が素晴らしいからである。

ベラスケスは人物画にパトロンの王家の人物は当然描かなければならなかっただろう。私の個人的な感覚では、王家の人々よりも王家以外の人物の肖像画の方がなぜか好きである。フェリペ4世の王子の馬上の姿はあまり好きではない。いかにも権力者にゴマをすったように見えるからである。

ヴァン・ダイクの『レガネース侯爵ディエゴ・フェリペ・デ・グスマン』など素晴らしい肖像画で一見して惹き入れられる。

風景画には見るべきものが多い。ローマの遺跡がある風景、聖書の物語のある風景、海景などである。

静物画もこの時代にほぼ完成されたようだ。後のシャルダンにつながるようである。ブドウ、ザクロ、リンゴなど果物を含むかご、花の絵、死んだ鳥、食器などが題材になった。肖像画や宗教画などから見て、静物画は評価が低かったらしいが、後々栄えていくのである。

今日は長時間活動したので、足も疲れたし腰も痛くなった。それでもＪＲと地下鉄でホテルの近くまで行き、歩いて帰り着いた。

夕食はエスニックのレストランで、赤、白ワインを並べて、スペアリブ、エビと肉料理を久しぶりに味わった。よくここで一緒に食事した、亡きKドクターのことも思い出して懐かしさに浸った。

一三、東京に遊ぶ　2

　翌朝、雑司が谷の墓地を訪ねようと思ってホテルを出た。都電荒川線の早稲田駅がどの位置にあるのか、碌に調べもしないで出かけたものだから困った。とりあえず新宿から山手線で高田馬場まで行ってみた。すると駅前から早稲田正門前行きのバスが頻回に出ている。それに便乗して終点で下車した。時計台の前に立って見回したが、方角がわからない。念のため鞄に入れていた磁石が役に立った。北に向かって歩いていくと大きな通りに出た。後で地図を見ると新目白通りであった。目印の大きなホテルが見えたので、西に進むと都電の早稲田駅に行き着いた。東京の街中に都電をよく残したものである。幼児を連れた母親、若い男、老人など結構乗客がいた。四つ目の駅が雑司が谷であった。霊園がすぐ前に広がっていた。霊園事務所まで歩いて係員に訊いてみた。

「夏目漱石のお墓に参りたいのですが」

　係員はニコニコしながら霊園の地図を持ってきて、場所を教えてくれた。

　いちょう通りの角から2番目である。大きな台形の石碑に、「文献院古道漱石居士」と「圓明院清操浄鏡大姉」と夫婦の戒名が並べて刻まれていた。霊など無いと思っていても、尊敬する人の墓というのは格別の重みがある。『こころ』におけるKの墓もこの霊園にあるという設定である。ここから夏目坂通りまで歩いてみたかったが、気持ちにゆとりがなかった。

しばらく佇んでふと地図を見ると、ケーベル先生の墓が近くにあったので行ってみた。説明によると、ラファエル・フォン・ケーベルはドイツ系ロシア人で最初モスクワ音楽院に、その後ハイデルベルク大学に学んで明治26年に来日、東京帝大で哲学と美学を教え、東京音楽学校でもピアノと音楽史を教えた。大正12年に横浜で亡くなった。近代日本人にとって西洋研究の恩人のような人である。

漱石の『思い出す事など』に並んでケーベル先生の話が出ている。「高潔な人格から多くの学生に尊敬された。先生は質素な生活を送りあまり外出しない。」漱石が一人で寂しくありませんかと尋ねると、べつに寂しくは無いと答えた。西洋に帰りたいと思いませんかと尋ねると、それほど西洋が良いとは思わない。しかし日本には演奏会場、図書館、美術館が無いので困ると言った。一年くらい西洋にもどってみられませんかと尋ねると、「それは好まない、私がもし日本を離れるなら、永久に離れる。決して二度とは帰って来ない」と言った。ケーベル先生はそれほど故郷を思うでもなく、あながち日本を嫌う様子も無く、空虚にして安っぽい世相の移り変わりに、無関心を装って20年も日本で教鞭を執られたとある。先生はピアノを弾くことを日本では口外しないつもりだったそうで、華やかな演奏会に出るのは嫌いだったそうである。全ての演奏会を謝絶した後は、ただ自分の部屋で気の向いたときだけ楽器の前に座る。そして自分の音楽を自分だけで聴いている。そのような人であったらしい。

ケーベル先生は大正3年に日本を去ることになっていた。先生は虚礼を嫌う人であったので、見送られることを嫌がったようである。「先生は金銭に無頓着で、また旅行にかかる時間に対しても無頓着であった。一番大事なものは、人と人を結びつける愛と情だけである。殊に先生は自分が教えて来た学生が一番好きらしく見える。」それで先生が日本を去るに臨んで、ただ簡単に自分の朋友、殊に自分の指導を受けた学生に、「さようなら、ご機嫌よう」という一句を残したいから『朝日新聞』に書いてくれないかと漱石に頼んだそうだ。

ところが第一次世界大戦が勃発したために、ケーベル先生は横浜で足止めを食った。そのため漱石は新聞社に修正の一文を送る羽目になった。

その後、戦争のためにケーベル先生は結局、故郷に帰れなかった。大正12年に横浜で亡くなった。享年75歳であった。

霊園を後にして駅に戻った。都電で終点まで行ってみたかったが、時間の都合で大塚駅まで行って、山手線で戻ることにした。その先は、また次回、東京に来た時に取っておくつもりである。ＪＲの駅に出るとレトロな雰囲気が一瞬にして現実に戻った。人混みに紛れ込んだ途端、漱石もケーベル先生のことも頭から吹き飛んでしまった。

ＪＲで四谷まで行き、一旦ホテルに戻って昼食を摂った。少し休息して国立新美術館に向かった。

ビュールレ・コレクションはフランス印象派が中心だが、ゴッホ、セザンヌが6点ずつあり、18世紀の素晴らしいヴェネチアの風景画（アントニオ・カナール、フランチェスコ・グアルディ）が3点、20世紀の絵もあった。ポール・ゴーギャン、ピエール・ボナール、エドワール・ヴァイヤール、ロートレック、パブロ・ピカソ、モーリス・ド・ブラマンクなどである。その充実ぶりは素晴らしい。これらの絵に対面できるのは非常な幸せであった。

ゴーギャンがゴッホの死後に描いた『肘掛椅子の上のひまわり』を再び見ることができた。肘掛け椅子もひまわりもゴッホとの共同生活の想い出が詰まった対象物である。ゴッホはゴーギャンを迎えるにあたって、肘掛け椅子を準備し、自分は粗末な椅子を使用した。ゴーギャンはゴッホの死を知った時、「彼の死は実に悲しい出来事だが、本当の意味では私は悲嘆していない。なぜならこうなることは解っていたからだ。彼はひどく精神を病んでいて狂気と戦っているのを私は見て来た。」と言ったそうだ。ゴーギャンはゴッホの耳切り事件以来、トラウマも残ったであろう。しかし一方で共同生活を、後日懐かしく思い返したに違いない。

モネの『睡蓮の池、緑の反映』を初めて見たが、幅4・25m、高さ2mの大画面である。まるで睡蓮の連作が一つにまとめられたようだ。この絵のみ撮影可能であったので、家に帰ってからパソコンの大画面で拡大して見てみると、モネの睡蓮の世界を堪能することができた。

ゴッホの作品は一区画にまとめられていた。『古い塔（1884年）』は彼がしばしば描いた廃墟になった教会の塔、『自画像（1887年）』、『アニエールのセーヌ川にかかる橋

（1887年）』は煙をあげて鉄橋を渡る汽車の下を赤い日傘をさした婦人が歩く。舟も数隻描かれている。水面の描写はアルルの橋の連作とよく似ている。有名な『日没を背に種をまく人』は明らかに広重の『亀戸の梅屋敷』の影響が観て取れる。画面の中央を斜めに梅の幹が横切る構図である。解説にはリンゴの木となっている。種まく人の顔は逆光でよくわからない。この絵にはよく似た絵がもう一つ存在する。そこでは種まく人がもっと明るく、顔が見えそうな感じに描かれている。あと2点は1890年の『二人の農婦』『花咲くマロニエの枝』で、最晩年の作である。筆遣いに狂気の気配が感じられる。

ルノワールの有名な『イレーヌ・カーン・ダンヴェール嬢』を初めて見た。これはビュールレがモデルとなった本人から買い取ったという。『アルフレッド・シスレーの肖像画』は一見オーソドックスな肖像画だが、19世紀を感じさせる。つまりベラスケスやルーベンスの肖像画とは明らかに時代が異なる感じがする。その時代（17世紀）に肖像画というジャンルは完成された。以後、印象派（ルノワール、モネなど）、マネ、ポスト印象派（ゴッホ、ゴーギャン）、エコール・ド・パリ（モディリアーニ）、キュビズム（ピカソ）と肖像画は続くがオーソドックスな肖像画ではなく、個性の強い肖像画であった。

シスレーの『ブージヴァルの夏』、マネの『ベルヴュの庭の隅』、モネの『ジヴェルニーのモネの庭』、ピサロの『ルーヴシエンヌの雪道』、『会話、ルーヴシエンヌ』、セザンヌの『風景』、『赤いチョッキの少年』など挙げるとキリがない。印象派、ポスト印象派の絵画を堪能した。

ホテルに帰って、夕食は寿司屋に入った。築地直送のネタを提供する店である。刺身はキンメダイ、中とろ、赤貝、ヒラメ、甘エビ。非常に新鮮であった。鮟肝とホタテ貝柱のあえ物、銀ダラの西京焼、にぎりは白えび、ウニ、アナゴ、スミイカ、鉄火、玉子巻き(単品)などであった。私は寿司屋の板前さんの卵焼きが好きである。生ビールと「〆張鶴」の純米吟醸酒2本、大いに楽しめた。

一四、夏目漱石のこと

漱石の『こころ』を再読した。そして今回も「先生」が自殺した理由について考えた。「先生」という人は、人間に対する不信感と卑怯な自分に対する嫌悪感を背負って生きてきた。人間のエゴイズムに対する嫌悪感もあったのかも知れないが、それらが自殺する動機になりうるか疑問である。叔父に財産をだまし取られ、自身は三角関係になってしまった友人のKを裏切って女を妻にした。Kの自殺によって、自己嫌悪と後悔を一生背負って、まるで抜け殻のように生きていくのである。Kから女に対する感情を告白された時、もっと異なった対応はあり得たが、「先生」は狡猾に振る舞う手段を選んだ。それは別に善でも悪でもない。だが「精神的に向上心の無い者は馬鹿だ」と言うKの持論でKを追い詰めたのは、相手の武器庫から取り出した武器で攻撃するようで、実に卑劣である。ただKも失恋だけが自殺の原因ではなく、思想上の行き詰まりもあったのである。おそらく経済的な切迫感もあったのであろう。Kには明治という日本人の思想の変革期に、しかるべき方向に導いてくれる指導者がいなかった。寺に生まれたKが、帝大でいかに西洋の思想を消化していくか、それはきわめて困難な課題であったに違いない。また求道者のようなKにとって、一人の女の出現により、簡単に確信が揺らいだことは、非常な衝撃であった。

「先生」は本来なら奥さんの面倒を見る責任を放棄しないで、そのためだけにも生き永らえるべきであった。先生もKも故郷とは苦い思い出しかなく、孤独であった。主人公も父親の臨終を振り切って東京に出てしまった以上、親族との関係は、先生やKと同じく苦いものになってしまったであろう。

語りの「私」はまっすぐな人間だが、生への意思や情動に乏しいのが、私には物足りなく感じられる。物語の中でさして成長したとも思えない。「私」が先生から教わったことは、「女人を愛することは罪悪である」ということと、「親類は信用できないから、自分の得る財産をしっかり確保するべきである」ということくらいである。先生の遺書を読んだ「私」は、その後どうなったであろうか。先生の屈折した恋愛観を克服できないと、家庭的な幸福は得られないだろう。

「先生」はなぜ帝大を卒業して職を持たなかったのか。彼がひどく厭世的になったのは、自己嫌悪以外に明治という時代に対する拒否感もあったのかも知れない。「先生」が帝大を出て官僚になった人物を酷評する場面がある。漱石の小説の主人公が定職に就かない理由の一つは、『それから』の代助が語っている。

「なぜ働かないって、僕が悪いんじゃない。つまり世の中が悪いのだ。もっと大げさに言うと、日本対西洋の関係がだめだから働かないのだ。……日本は西洋から借金でもしなければ、到底立ち行かない国だ。それでいて一等国を持って任じている。……こう西洋の圧迫を受けている国民は、頭に余裕がないから、ろくな仕事はできない。ことごとく切り詰められた教育で、そうして目の回るほどこき使われるから、そろって神経衰弱になっちまう。」

そんな社会の一兵卒としてこき使われるのが嫌だから働かないというのである。ある意味で現代の日本の状況とさほど変わりがないように見える。背景はちょうどアメリカ大統領の仲介で、辛うじて日露戦争を引き分けに持ち込んだ時代である。それをロシアという強国に勝ったと思い上がって、以後日本は誤った選択をしていくのである。そして昭和になって滅亡に向かっていく日本人の愚かな選択を、漱石は予見していたかのようである。

また漱石は自由なる精神生活について以下のように述べる。「衣食のために押し付けられた仕事では自由とは言えない。無職の閑人であってこそ自由に、社会の都合と無関係に創作できる」というのである。

当時の明治天皇の崩御と乃木希典の殉死が、この小説に影を落としているようだが、もう一つ判然としない。漱石は一般大衆が流されるような気分や価値観には同調しない人である。漱石にとって天皇が価値観の柱になる事はあり得ない。まして乃木希典を尊敬していたとは思えない。もちろん漱石と先生は同一ではない。私は乃木大将がもてはやされた理由がよく解らない。おそらく天皇に忠誠を示し、命を捧げろという明治政府の国民教育に利用されたのであろう。彼は残念ながら指揮官としては誠に無能な人であった。西南の役で連隊旗を奪われたことを一生の恥としていたそうだが、旅順で兵士に無謀な白兵突撃を命じて6万人もの死傷者を出した。兵士達を屠殺場に駆り立てたようなものであった。それでいて、「田原坂はもっと悲惨だった。」と呟《つぶや》くような人である。児玉源太郎が見かねて指揮を変わって、やっと旅順が陥落した。乃木将軍が敵の降将ステッセルを武士らしく丁重に扱ったことが、欧米の従軍記者に感銘を与えた。その程度の人である。明治人の至誠といえるほどの行跡があったかどうか不明である。

乃木大将は連隊旗を奪われた責任をとって自害しようとしたが、明治天皇に止められた。そして明治天皇が崩御するまで生き続け、殉死という形で生涯を終えた。一方、「先生」はKの死後、深い悔恨とともに生き続け、明治の世が終わるのを期に、今まで心に秘めていたことを決断したように書かれている。

「乃木大将が三十五年間、死のう死のうと思って、死ぬ機会を待っていたらしいのです。私はそういう人にとって、生きていた三十五年が苦しいか、また刀を腹へ突き立てた一刹那が苦しいか、どっちが苦しいだろうと考えました。」

先生はそう記している。

しかし先生の奥さんから見れば、それまで先生が悩んでいた理由が知らされず、突然不明な理由で自殺してしまうのである。残された奥さんの衝撃は如何ほどであろうか。結局、先生は自分の都合だけを考えているのである。

乃木大将も先生も、明治の精神として後世の人から尊敬を受けるだけの価値があるのか疑問を感じる。漱石はあえてそういう不条理を小説に残したのだろうか。

＊

漱石自身がロンドンに留学して、西欧文化に触れて、深刻なカルチャーショックを受けた。パリやロンドンの街を走る車やガス灯、近代軍備などよりも、彼もオペラを観たり、美術館に足を運んだりして、西洋人の本当の恐ろしさを知ったはずである。それから約1世紀経た現代でも、西洋文化を研究していて鬱傾向になることはしばしばあるだろう。

主人公に対する物足りなさは、『行人』や『彼岸過迄』でも共通している。いずれも見かけ上の主人公は自分の生をどうするのでもなく、病的な性格の本来の主人公の語り部として存在しているようなものである。『行人』では大学教授の一郎と、見かけ上の主人公の次郎との葛藤が描かれる。一郎は明らかに鬱病であろう、やはり人を信用できなくて悩む。妻が次郎を好いているのではないかと疑いを持つ。やがて鬱病が昂じて大学の講義にも支障を来すようになり、妻は心身とも捨てられた女になっていく。一方、次郎は女との関わりを持つ意思は全くない。嫂が誘いを見せても応じないし、友人の三沢が紹介した女にも関心を示さない。

『彼岸過迄』でも敬太郎は語り部にすぎず、友人の須永市蔵という、やはり高等遊民で、世間とは距離を置いている人間が事実上の主人公である。幼なじみの千代子に淡い恋心を抱く一方、結婚したいとは思わない。ただ嫉妬だけ感じて葛藤に苦しむ。『こころ』と同じく主人公による長い語りがある。鎌倉に避暑に出かけて、そこで高木という人受けの良い、市蔵とはまるで外見も性格も正反対の男に出会う。そのために主人公に神経質な葛藤が始まり、周囲から実に奇矯と思われる行動をとる。大勢で舟釣りに出たり、千代子姉妹と高木と四人で出かけたりした時の描写は迫力があり、共感できる人は多いだろう。内気な人間は、若い時に同様の苦しみを大抵味わったはずだからである。しかし市蔵の優柔不断は千代子を深く傷付けることになる。市蔵が東京に帰って、遅れて来た千代子に高木のことを訊ねたときに、それが爆発する。

「なぜ愛してもいず、細君にもしようと思ってもいないのに、なぜ私に嫉妬なさるんです。」

千代子は激しく泣きながら言うのだが、たしかに市蔵は女から卑怯だと罵られるだけのことはあるだろう。それでも市蔵は非を認めず、千代子に反論するのである。

小説の結末は書かれていない。多分二人の結婚はないのであろう。千代子が別の男のもとに嫁ぐのか、それは五分五分と言ったところか。

＊

その後、気になっていた『明暗』を読んだ。

主人公の津田という男は新聞社か雑誌社か解らないが仕事をしている。虚栄心が強く、さして高邁な思想を持った人でもない。上司の吉川とその夫人に全く頭が上がらないが、なぜか夫人とは異性としてウマが合うのである。その夫人が津田に清子を妻合わせようとするのだが、清子はなぜか津田に背を向けて他の男に嫁いでしまう。

津田は仕事をしているにもかかわらず、贅沢な生活をして父親から仕送りをしてもらっている。妻のお延は夫に愛されるだけではもの足りず、それを周りにひけらかさないと収まらない性格である。それがお延の高価な指輪に象徴されている。津田の妹の秀子はそんなお延を嫌っている。また津田に対しては、お延に丸め込まれた男として、反感を持って見ている。彼が親元から金を都合してもらうことを憎んでいる。それで津田に理屈をこねた押し問答をする。

ある日、小林という男が津田の留守中に押し掛けて来て、喋ったことからお延は他の女の影におびえる。津田はお延を実はそれほど愛してはいなくて、先に振られた清子に未練を持っている。お延は他の女のことを訊きだそうと秀子を訪ね、それも直に訊くと体面を傷付けられるので、外堀から埋めるような迂遠な押し問答をする。秀子を訪ねたことが、吉川夫人の耳に入って、お延の不利な方向に事態は進行する。その後、お延は津田に対しても同様な押し問答をするのである。彼女は他の女によって自分の体面が傷付けられることを恐れている。カマをかけて津田からそれを聞き出そうとする。精緻な心理描写は時に息詰まる程であるが、お延の執拗さにはやや閉口させられる。お延は容姿は秀子や継子より劣るが、男に媚びることに長けている。お延は同性から嫌われる女なのかも知れない。岡本の叔母にさえ実子の継子よりも下に見られている。しかしここでお延は、若い継子もいずれ嫁いで、男の専横に従わされる運命にあることを冷ややかに見ている。

小林という男は奇妙な存在である。私の知り合いにもシニカルな男はいるが、小林のように相手を嫌がらせるのが趣味のような男はいない。当時の日本に浸透し始めた共産主義にかぶれていたのであろう。貧しくて教育も受けられなかった小林は、経済的並びに心理的に余裕のある津田をシニカルに見ている。しかし漱石自身、体面を気にしながら財産を守ろうとする小市民的な存在に、嫌気が差していたのかも知れない。小林が言うことの一部は漱石の思いなのかも知れない。

津田は吉川夫人に勧められて、箱根の温泉にいる清子の部屋を訪ねるのだが、その問答の愚鈍さには驚かされる。清子が背を向けた理由を訊き出すために赴いたのだが、ぐるぐると持って回った議論をしている。それはお延が秀子や津田に対して押し問答した手段と全く変わらない。そもそも自分に突然背を向けた女に、その理由を訊きだすことなど可能であろうか。さらに清子が本当のことを答えるはずはないであろう。漱石の死によって、ここで小説は終わっている。多分清子は、翌日黙って宿を引き払って東京に帰るのであろう。何の成果もなく帰って来た津田を、吉川夫人は男らしくないと言って詰るのかも知れない。

吉川夫人がなぜ津田に清子に会いに行けと言ったのかよく解らない。どういう理由があろうと、今更二組の夫婦が離婚して、津田と清子が再婚することなどあり得ないからである。そうすると、吉川夫人の行動は単にお延に対する悪意だけなのかということになる。漱石がこの小説をどのように持っていくつもりだったのか、推し量るすべもない。ただ、お延が湯治に出かける夫に、「良いから今に見ていらっしゃい、……そりゃ実際に問題が起こって来なくちゃ言えないわ。その予言が今にきっと当たるから見ていらっしゃいと言うのよ。」と言う。また小林は「僕が予言するから見ていろ。君は今すでに腹の中で戦いつつあるのだ。余裕が君を扇動して無役の負け戦をさせるのだ。」と言う。この二つの発言は不気味である。漱石は後に一悶着起きることを予定していたのではないか。

漱石は晩年自然主義者から、彼の小説は作り話であると攻撃されたという。それに対して漱石は、活き活きとして実話と見違える作り話であれば良いと反論したそうである。今から見れば、文豪漱石が同時代人から攻撃されたというのは意外な気がする。

一五、下村湖人の『論語物語』

下村湖人の『論語物語』は、簡潔すぎて難解な漢文を、平易な口語で肉付けして、物語としてまとめてくれたものである。日本人に対する素晴らしい贈り物である。

『論語』の中から最も印象に残った話を三つ選べと言われたら、何を選ぶだろうか。人によってまちまちであろうが、私は「渡し場」、「君子も窮することあるか」、「逝くものはかくのごときか」の三話を選びたい。以下にその粗筋を記す。ただし、下村湖人の原作は、もっと肉付けされていて読み甲斐があるものである。

(一) 渡し場

楚の長官葉公に見切りをつけ、蔡に引き返す孔子の一行は、村落にさしかかった。子路は渡し場へ行く道がわからなくて、車を止めて押し黙っていた。彼は、孔子のような聖人が、あてもなく彷徨っていることに不満を感じていた。

農夫二人が畑仕事をしているのを見て、孔子は子路に渡し場へ行く道を尋ねるように奨めた。

子路は手綱を孔子に預けて車を降りた。

子路が農夫に近付いて行って声をかけると、その一人が顔を上げてじろりと子路を見た。それは長沮《ちょうそ》という隠者であった。彼は子路に答える代わりに、孔子の車に目を留めて言った。

「誰ですか、あそこに車の上で手綱を持っているのは。」

「あれは孔丘という方です。」

「それは魯の孔丘のことかね。」

「そうです。」

「じゃあ、渡し場ぐらい知っているだろう。あちこち徘徊している男だから。」

長沮はそれきり、一言も口を利かなくなった。

子路はもう一人の桀溺《けつでき》という隠者に尋ねると、

「あんたは誰かね。」

「仲由です。」

「あんたも孔丘の一門かね。」

「そうです。」

「至る所、濁った世の中を、一人で変えられるわけがない。あの殿様もいや、この殿様もいやと、人を見限る孔丘に従うよりも、いっそのこと、世の中全体を見限った方が賢くはないかね。」

子路は言われてみると、隠者の言い分に多少の理を感じた。孔子のように、容れられるはずがない理想を掲げて、諸侯の間をさまようのが、果たして正しいのか疑問も感じられた。

子路は車に戻って孔子に一部始終を報告した。弟子たちは不安な目をして、孔子の顔を覗き込んだ。

孔子は目を閉じたまま、子路の報告を聞いていたが、深いため息をひとつもらすと、子路の方を向いて言った。

「山野に放吟し、鳥獣を友とするのも、なるほど一つの生き方かもしれない。しかしわしには、それが卑怯者か、徹底した利己主義者の進む道のように思えてならないのじゃ。わしはただ、あたりまえの人間の道を、あたりまえに歩いてみたい。つまり、人間の間で苦しむだけ苦しんでみたい、というのがわしの心からの願いじゃ。そこにわしの喜びもあれば、安心もある。正しい道が行われている世の中なら、今ごろわしも、こうあくせくと旅を続けてもいまい。（下村湖人の原文のまま引用）」

それを聞いて、弟子達は安心した。子路は師に対して申し訳ないことを考えたと思って悔恨の涙を浮かべた。

隠者は孔子を揶揄したり、孔子を矮小化したりする立場である。彼らは全く間違ったことを言っているわけではない。本編はそれに対する孔子の反論と捉えることができる。「濁った世の中で人間とともに苦しみ悩みたいのじゃ」というのがいかにも孔子の本質をあらわしているように思える。

(二) 君子も窮することあるか

相変わらず、諸国を行き来していた孔子は、楚の昭王の誘いに応じて楚に赴くことにした。それを知った陳と祭の大夫たちは、孔子が楚に行くのを阻止するために、兵を出して孔子の一行を包囲した。包囲が数日に及ぶと、食料が尽きて、一門の者はすっかり弱ってしまった。子路は無策でいる孔子に不満を感じた。

子路は我慢ができなくなり、「先生。」と声をかけた。

「君子でも窮することがあるのですか。」

孔子はおだやかに答えた。

「無論、君子も窮することはある。しかし君子は窮しても乱れない。一方、小人が窮すると必ず乱れる。」

子貢もまた、子路のように無遠慮な言い方はしないが、不満を持っていた。

「子貢よ、お前は、わしがいろいろな学問をして、あらゆる場面に対処できると思っているのだね。」

「無論です。そうではありませんか。」

孔子ははっきりとした口調で言った。

「そうではない。ただ一つの信念がわしを貫いているのじゃ。」

翌朝、包囲の兵士たちも気が緩み、孔子の使いは容易に包囲を抜けて、楚の兵士に接触することができた。そして囲みは解けて、孔子の一行は昭王に会うことができた。

(三) 逝くものはかくのごときか

孔子も七十歳を過ぎて中原に戻ってきた。ある日、夕暮れの大河の岸に立って、大量の水が昼となく、夜となく流れていくのを眺めていた。長年の放浪にもかかわらず、彼の理想を体現できる君主は一人もいなかった。この数年間に夫人と息子の伯魚に先立たれた。さらに愛弟子の子路は非業の死を遂げ、孔子が後継者と目していた顔回は若くして病没してしまった。

顔回の死に臨んで、孔子はほとんど絶望的な気持ちになった。

「天は私を滅ぼしたのだ、天は私を滅ぼしたのだ。」

と叫んだ。そして彼は思わず声を放って泣いた。あまりの取り乱し様に、門人たちは訝《いぶか》った。

後日、その門人たちに向かって、彼は答えた。

「そうか、そんなに私は泣いたのか。だが、顔回のために泣かないで、誰のために泣けというのじゃ。」

彼の悲しみは容易に癒やされなかった。顔回のような話し相手はいないので、沈黙が多くなった。

彼は河原に立って考え事にふけった。

「私は寸刻を惜しんで、身を修め、古聖の道にいそしんできた。自分の体得した道は、努めてこれを諸侯に説き、かつ三千の子弟に伝えた。また詩、書、春秋を整理し、礼学を正し、易を究明して、それらの文献を万世に伝える準備もほぼ完成した。顔回亡き後に、真に身をもって道に奉じ、仁に生きる者が、今どこにいるのだ。道は言葉ではない。真理は概念ではない。自分の後世に求めているのは、言説ではなく実行なのだ。(下村湖人の原文のまま引用)」

彼の目の前には、昼夜を分かたず水が流れていた。彼は自分の生命の終焉が近付いているのを感ぜずにはいられなかった。

＊

子、川の上《ほとり》にありて曰く、逝くものはかくの如きか、昼夜を舎《お》かずと。

＊

「人が死んでゆくのも、諸々の事象が過ぎ去って行くのも、あの川の流れのようなものか。昼と言わず、夜と言わず。」

沈みゆく夕陽が山と河を赤く染め、大河の辺りに高貴な佇まいの老人が立っている。そして留まるところのない大河の水を眺めている。一幅の絵になりそうな光景である。

(テキストは、下村湖人『論語物語』講談社学術文庫を使用した)

一六、余部の鉄橋を見に（平成18年8月）

余部の鉄橋が見たいという息子の熱意に負けて日曜日に出かけるはめになった。来年新しくコンクリート製の橋に架け替えられることになっている。その前に是非見ておこうというのである。6時に目ざまし時計に起こされて、軽食を摂って家を出た。せっかくの休日は、他にも時間の使い様があるのでもったいない気もしたが、久しぶりに日本海を見るのも悪くはないと思っている。

山陰地方はJRを使うにはひどく不便だ。京都始発の山陰線の特急が遅いので、新大阪まで出て、福知山経由で行かなければならない。それでも城崎温泉まではまだよい。そこから先、鳥取まで行くにはかなり苦労させられる。鳥取や萩などは新幹線と伯備線や山口線で行けばよろしいという発想だろう。しかし城崎から鳥取の間はまるで国に捨てられたようなものだ。今日など臨時列車が出るからかろうじて午前中に余部に着くことができるが、平日だったら初発で出かけても、少なくとも午前中に余部には到達できない。

豊岡辺りから、大きなカメラザックを担いだ肥満した男が増えた。一見して鉄道ファンらしい男が分厚い眼鏡をかけて、ホームを右往左往している姿は実に滑稽な眺めだ。我々も同じ目的で来ているには違いないが。

　車窓から日本海が見えてくると、さすがに懐かしく、飽きることなく眺めた。美しい海岸をいくつか過ぎると、余部の鉄橋にさしかかった。はるか眼下の海辺に、海水浴客でもない人が、パラパラ動くのが見えた。撮影にはるばる来た連中のようだ。こちらに向けてカメラを構えている。

　余部のホームは、これから写真を撮りに行く人、帰る人で混雑していた。駅の裏山が撮影スポットになっているらしい。そこは後で寄ることにして、海辺まで降りることにした。線路の目線で見ると下までかなり高度感がある（写真24）。何年か前に冬の季節風にあおられて、回送の特急列車が鉄橋から下まで墜落したことがあった。缶詰工場を直撃して死者が出た事故である。

写真24

天気はあまり良くはない。小雨が降り出した。民家の間を通り抜けて、海岸ベタの坂を上って行く道を少し登ると、余部の鉄橋がよく見えるところに出た。ここで列車の通行を待った。鉄橋が小雨にかすんだ山を背景にして、なかなか面白い眺めではある。

午後になって駅裏の小高い丘に登ろうと、民家の間を歩いていると、田舎のにおいがした。トイレは水洗ではないようだ。狭い畑で農作業も行われている。

駅裏に登ると混雑した斜面に出た。大きなカメラを三脚に立てて準備するおっさん連中、コンパクトカメラを構える者、驚いたことにおばさん連中から若い娘まで実に多彩な顔ぶれだ。場所取りに喧嘩でもするかと思ったら、結構民主的に譲り合ってカメラを構えている。列車が通る時は皆緊張してカメラを構えている（写真

写真25

25)。「そこの帽子の方、少しかがんで下さい」など後ろの三脚を構えたおっさんが言ったりする。前の男は何となく気兼ねしたふうで身を小さくしている。「4時間前から準備しているんだから」などと独り言を言うおっさんもいる。特急「はまさか」が通過した後、帰る人がゾロゾロ降りるのに混じって、私たちも駅に出た。膝の悪いおばさんの後に付いてずいぶん時間がかかった。不自由な足で、そんな苦労までして写真を撮りに来るおばさんの心理が、今ひとつ理解できなかった。

我々は僻地の思わぬ混雑から抜け出て、次に天橋立を目指した。浜坂行きのディーゼルカーが来た時に、ふと浜坂まで行ってそこから上りの特急「はまかぜ」に乗ろうと思って飛び乗った。ところが時刻表を確認しなかったのだが、浜坂では本当は1分違いで乗れないことになっていた。しかし単線なので実際は下りの到着を待っていたというわけだ。駅の階段を全力疾走で駆け抜けて何とか間に合った。車窓から海水浴には季節外れの海を眺めて久しぶりにのんびりした気分になれた。豊岡で宮津行きのローカル線で天橋立まで。これは第三セクターである。JR株式会社が地元をおどして、収益の悪いローカル線を切り捨てていく常套手段だ。鉄道がないと困るから地元は金を出して存続させざるを得ない。しかしその割には住民は車を使って、鉄道を利用しようとはしない。丹後半島はずいぶん寂れた感じで、沿線に幽霊ビルのような建物も立っている。以前海水浴に何度か訪れた久美浜や峰山を懐かしく眺めた。

天橋立では京都行きの最終列車まで2時間半ほどの時間がある。その間に対岸の傘松公園の展望台までサイクル車で往復して、夕食を食べて京都に帰ろうという、やや余裕のない計画になってしまった。とにかくグズグズしていると時間がなくなる。駅前でサイクル車を借りて、天橋立を駆け抜けた。今夜ここの旅館に泊まる計画だったらどんなに楽しかったことだろう。美しい波打ち際を見ながら、15分で松並木の天橋立を駆け抜けた。

傘松公園のふもとに自転車を放置してケーブルカーを目指す。

ケーブルカーの駅まで神社も碌に見ずにひた走りに走って、ケーブルカーで山上まで。展望台からの眺めはすばらしかった。私は対岸の文殊山からの眺めより、こちらの眺めの方が美しいと思う（写真26）。波に浸食された砂州のギザギザが、この方角からだと見えないからである。若狭湾の方角もよく見渡せる。

しばらく眺望を楽しみ、慌ただしく来た道を返して、夕食のための店を探した。松林を駆け抜ける間、一度だけ波打ち際にサイクル車を止めて波の寄せるのを眺めた。外海なので、水が透き通って美しかった（写真27）。時間があればどんなに良かったかと何度も思った。息子も同じことを考えていた。

土産物店や食堂が並んだところで店に入った。ぶり鎌定食に少量の酒など注文して、料理を待つ間に向かい側の土産店でかまぼこや、魚類を買い求めた。かまぼこはしくじった。帰って開くととても食べられる代物ではなかった。ただちに飼い犬へのお土産となってしまった。

時間通りにプラットホームに立つと、寂れたローカル線の駅そのものだった。こういう眺め

写真26

写真27

を私は結構好きである。「はるばる来ぬる旅をしぞ思う」という気持ちである。ホームから単線の線路が雑草や灌木の間に消えてゆくのを、時間の許す限り眺めた。また機会があれば山陰に出かけてこようと思った。

一七、湖国の春

㈠ 菜の花と比良山

冬型の気象が緩んで日差しの暖かい午後になった。守山に、早咲きの黄色い菜の花畑の背景に、雪を被った比良山が見える場所があるというので行ってみた。最近購入したミラーレス一眼カメラを携行した。膳所《ぜぜ》の辺りで車窓から琵琶湖が見えた時、対岸が霞んでいたので、気温が上がって靄がかかったのかと思った。しかし左を振り返ると比良山がくっきり見えたので、無駄足にはならず、良い眺めが得られそうなことを喜んだ。

守山駅前のレンタサイクルで自転車を借りた。

「なぎさ公園まで6キロくらいですか」

「いや、10キロはあるだろうね」

時刻が3時前だったので、バスかタクシーを使うか、少し思案したが、初志を貫徹してサイクル車を借りた。

粗い地図を持参したが、所々立ち止まって方向を確認しなければならなかった。琵琶湖大橋に向かう国道に出てからは、迷うこともなかった。ただ、時間が気になった。4時になると、公園が閉まるのではないかと心配したのである。

湖岸に立つホテルを目指していくと菜の花畑に着いた。人が歩き回るのが見えた。琵琶湖の対岸に比良山がきれいに見えた。雪はさほど多くはなかったが、望遠レンズできれいに撮れた。蓬莱山が最も高く見え、打見山にかけて雪庇が見えた。武奈ヶ岳は右手奥になり、ややわかりづらい。

菜の花畑はさほど広くはなかった。事務所に何時まで開いているかと訊くと、自分たちは4時に帰るが、公園は終日開いているという返事。

日が陰ると寒くなった。その間30分ほど琵琶湖と山を眺めたり、菜の花を入れた写真を撮ったりした。北方には伊吹山の白い輪郭がぼんやり見えた。4時半を過ぎると人影が減って、人

写真28

の入らない風景が撮れた（写真28）。

帰り道、手洗いを借りにスーパーに立ち寄ったついでに、チョコレートと茶を買った。その後は自転車をひたすら走らせた。最初は来た国道を引き返したが、途中で車がうるさく、側道に入った。田んぼ越しにも守山市内の建物はまだ見えない。日暮れが近く、夕焼けが美しい。そのうち比叡山の黒いシルエットの左手に夕日が沈んだ。田んぼ道は行き止まりになると面倒なので、先を見通しながら道を選んだ。暗くなると用水路に落ちると終わりなので、早く大通りに出たかった。

黙々とさらに自転車を漕ぎ続けて、駅に至る広い道に出ると安心した。駅が近付くと帰宅を急ぐ勤め人が歩いている。小一時間、自転車を漕ぎ続けてようやく駅に着いた。そして自転車をレンタサイクルに返した。結構な運動量であった。

㈡ 石山寺

天気が良いので石山寺に出かけた。境内には梅園が見頃を迎えているはずである。地下鉄東西線で浜大津まで。そこから京阪電車に乗って石山寺駅で下車した。御陵から地下鉄は地上に出た。やはり景色が見える方が良いに決まっている。京阪電車で南下すると、瀬田川が見えてきた。終点の石山寺駅から川沿いに進むと、寺は徒歩で10分ほどである。途中に料理旅館が何軒かあった。二階から春の朧月が瀬田川に映るのを眺めながら、懐石を食べるのも悪くないなと思った。良い酒があればなおのこと結構だ。

山門を潜ると正面に本堂があった。右手に階段を登って行くと本堂よりも高くなった。梅が咲いて、盆栽も置いてある。どんどん裏山を登ると御堂が散在し、梅園もあった。舞台のような建物もあるが、立ち入り禁止であった。背の高い木があるので、見晴らしは期待できない。さらに梅園の中を登って行くと、光堂という建物があった。ここが最高点で、思ったほど眺望は開けなかった。琵琶湖や瀬田川の眺めを期待したが得られなかった。西の方角には、素朴な里山が拡がる。

石山寺は平安時代に真言密教になった。清水寺や長谷寺とともに霊験あらたかな寺として、平安貴族や庶民の参詣が盛んであった。俗に石山詣でと言われた。紫式部や和泉式部も参詣した。紫式部の像があるそうだが、見つけることができなかった。

梅林に立ち入り、梅の香りを楽しんだ。白梅と紅梅が入り乱れて楽しい眺めである。坂を瀬田川の方角に下ると第一梅林があった。ここが一番満開で、香りが良かった。

　こち吹かば、にほいをこせよ梅の花
　主なしとて、春な忘れそ

梅の香を嗅ぐと、ついこの和歌を思い浮かべてしまう。それほど菅公のこの歌が日本人の心に染み込んでいるのであろう。

そのまま坂を下って行くと参道に出た。土産物店を過ぎて、瀬田川畔の歩道を歩いた。北風が強く水面にはさざ波が立っていた。カイツブリが数羽川面に浮かんでいた。下流の方角はあまり見えない。上流は琵琶湖がかすかに、その背後に比叡山が望めた。

(三) 義仲寺

すっかり春めいた暖かい日の午後、義仲寺に行こうと思った。膳所から歩いて10分ほどという。地下鉄で山科まで、そこからJRに乗り換えて膳所で下車した。北に向かって歩くと、国道の手前の通りに出たので、左に折れた。義仲寺はすぐに見つかった。寺の前の通りは旧東海道だという。昔は家もなく、琵琶湖を望む風光明媚な場所だったそうだ。

境内には木曽義仲と松尾芭蕉の墓があり、朝日堂、翁堂、無名庵などのお堂と、沢山の句碑がある。寺務所でもらった境内案内図を見ながら散策した。

巴塚というのがあった。出家した巴御前が、身分を隠して庵を結び、義仲の墓守をしたと伝えられている。巴御前の没後、里人が無名庵と名づけたそうだ。その近くにバナナのような幅の広い大きな葉が見えた。後で調べると、バショウという多年草であった。水芭蕉と違ってあまり趣はない。

朝日堂が当寺の本堂である。義仲、芭蕉、今井兼平などの三十一体の位牌が安置されていると、案内に書かれている。

沈丁花が満開であった。花の匂いを嗅ぐと、幼少時代を思い出した。嗅覚に染み付いた情景は年月を経ても瞬時に甦るものである。

無名庵は芭蕉がこもった庵で、外からガラス越しに中の様子が窺えるが、その当時の気配は感じられない。寺に申し出ると、お茶会に利用できるという貼り紙があった。

翁堂には、芭蕉の坐像と両脇に弟子の像がある。両側の壁には三十六俳人の画像が描かれているが、外からはよく見えない。天井には伊藤若冲の花の絵が描かれている。色鮮やかなのは、デジタルの複製画のようである。

義仲の墓碑の右側に芭蕉の墓碑がある。ちょうど大きな椎の木の横に、雨宿りでもするように墓碑が立っている。後ろには椿の木があり、左手に刈り込まれたツツジがある。背の高い万両が二本、墓の両脇に生えている。

木曽の情雪や生えぬく春の草

無名庵で義仲の忌日に芭蕉が詠んだとされている。木曽の情とは義仲の心情という意味であ

る。芭蕉は義仲が好きであったようだ。また、

木曽殿と背中合せの寒さかな

伊勢の俳人、又玄《ゆうげん》が無名庵に芭蕉を訪ねた時に詠んだ有名な句である。

芭蕉が亡くなったのは大阪の旅宿で、御堂筋の分離帯に芭蕉終焉の地の石碑が立っている。彼の遺言により、弟子たちが淀川を遡って義仲寺に遺体を運び、葬儀が行われた。そして義仲の墓の隣に埋葬された。無名庵が、彼が滞在した中で、特に気に入っていたのであろう。命日は元禄七年十月十二日であったという。

旅に病んで夢は枯野をかけめぐる

病床の芭蕉の最後の一句は大阪で詠まれたが、墓のあるこの地に句碑があっても不思議ではない。従って、この句碑は当地と、大阪市内の真宗の南御堂の南側の庭園内との二カ所にある。

行く春をあふみ（近江）の人と惜しみける

近江の俳諧仲間と過ごすのは、芭蕉にとって思い入れの深いことであったようだ。当地を墓地に指定したのは、それも一因であったと思われる。

古池や蛙飛込む水の音

この句は別の寺で読まれたらしいが、なぜかここに句碑が建てられている。

芭蕉の句碑は以上の四句である。

茅葺の翁堂と両墓碑は、周囲の手入れされた庭木とよく調和して、非常にゆかしい感じである（写真29）。芭蕉の人柄を偲ぶ場として、季節が変わればまた訪れたい。

国道の手前の児童公園の隅にも句碑が立っていた。

写真29

草の戸や日暮れてくれし菊の酒

無名庵に籠もっていた芭蕉のもとに、大津の門人が酒を持って訪ねて来た。盃に菊の花を浮かべて飲むと、長寿になると言うので、菊の花弁を浮かべた酒を飲んだのである。「くれ」という同音を敢えて重ねている。

国道を渡ってスーパーの七階に上ると、すぐ近くに琵琶湖が見えた。そこで、琵琶湖目指して歩いた。

風が強く、湖岸に波が打ち寄せる。比良山の雪はほとんど解けて、蓬莱山の頂上にわずかに白いかけらが見えるだけである。湖面には琵琶湖周遊船が浮かんでいた。

そのまま、浜大津目指して歩いた。ホテルやら、コンサートホールのような建物の裏を通って、小さい城のような、灯台のような建物に至った。安土城を攻めていた明智秀満が、天王山での兄の敗戦を知り、坂本城に戻るために、馬で琵琶湖を渡った。その時に上陸したのがこの場所であったという。

再び国道に出てしばらく行くと浜大津駅に着いた。小一時間歩いた。

㈣ 彦根城の桜

日本に桜の美しい城の数は、五十を超えるであろう。今まで最も印象深かったのは、弘前城の桜だった。五月上旬に八甲田山の帰りに寄った時、その満開の桜の重厚な重なりが延々と続くのに圧倒された。

東北と比べると、彦根城ははるかに近いのに、まだ行ったことが無かった。今年は気候が不順で、一度予定していた日を延期した。4月に入ってから低温であったため、京都でも7日を過ぎて、漸く満開になった。滋賀県では今年は何故かサクラの開花が遅い。周辺の福井県や岐阜県よりも遅いという。

午後、地下鉄東西線で山科まで行き、山科で2時頃の琵琶湖線の電車に乗った。彦根城に着いたのは3時であった。閉門は5時なので、何とか回れるだけの時間があった。内堀に沿って桜並木が美しい。屋形船も浮かんでいた。

坂道を息切らせて登って歩くと、漸く天守閣の前に出た（写真30）。北西の方角には琵琶湖と比良山がよく見えた。風が強く寒い。琵琶湖はさざ波立っているのであろう、遠望すると湖面が灰緑色をしていた。北方に無残に山肌を削られた伊吹山が見えた。セメント工場が倒産するまで、日本百名山の伊吹山の山肌を削り続けたのであった。当時の人が、なぜそれを止められなかったのか、今からではよく解らない。

写真30

写真31

東には佐和山城跡が見える。近景の彦根城の瓦屋根や桜と合わせて美しい眺めである。二つの城の間にある市街地が、大きな樹木によって、ほどよく遮られているのが良い（写真31）。佐和山城は石田三成の居城であったが、関ヶ原の合戦の後、井伊直政が徳川家康から拝領した。後年その嫡男直継が彦根に新たに築城したのが彦根城である。天守閣は明治維新後も取り壊されずに残った。何故か大隈重信が上奏し、明治天皇の勅命で壊されなかったとある。

歴代藩主の中で、井伊直弼が最も有名である。とかく悪役にされがちだが、地元では領民を大事にしたので評判が良い。勅許を得ずに日米修好通商条約を結んだことが、水戸藩と薩摩藩を中心とする諸藩の反発を買った。それ以前に将軍の世継ぎ問題で、徳川家茂を推す井伊直弼と、一橋慶喜を支持する水戸藩、薩摩藩、越前藩などと亀裂を生じていた。無勅許で条約を結んだのは、幕藩体制としては間違ってはいない。その後に安政の大獄で、反対派を徹底的に弾圧したのが良くなかった。特に、橋本左内のような有能な名士を刑死させたのは、広く世論の支持を失う因になった。この辺りから、公武合体から倒幕に世の中の動きが変わっていくのである。列強の侵略を防がねばならない時に、独断専行によって国内を分断する政策は、現代の感覚でも明らかに誤りである。その結果、井伊直弼は江戸城に登城する途中、桜田門外で、水戸藩士と薩摩藩士に襲撃されて暗殺されたのは、あまりにも有名な話である。

天守閣は非常に眺めが良かったが、ガラス窓に埃がこびりついており、非常に残念であった。最上階から写真を撮りたかったが果たせなかった。

天守閣から北方に下って行くと、西の丸三重櫓が、桜と調和して美しかった。さらに坂道を下って行くと、黒門橋に出た。橋を渡って玄宮園に入った。池山回遊式庭園で、金沢の兼六園や、東京の六義園などと似た様式である。池と中ノ島を結ぶ木の橋、四阿などが配置され、要所に松の美しい樹形が見ものであった。城山から離れると、天守閣の上部を遠望できるところがあった。

閉門が近付いたので外に出た。内堀に沿って桜並木が続いている。ほどなく、出発点のいろは松に出た。ここからの石垣に垂れた桜は、見応えがあった（写真32）。

寒かったので、熱燗でも飲みたかったが、帰宅が遅くなるのでやめた。

写真32

一八、春の連休に

第一日

ある年の連休に7日間の休暇を取った。その前半に槍ヶ岳を目指すことにした。午後たまたま帰宅していた娘に京都駅まで車で送らせた。天気は上々であった。車窓から見る木曽駒の頂上は白いがまだらである。

松本には明るいうちに着いた。3月に志賀高原に行った頃から見ると陽が長くなった。定宿にしているホテルにチェックインして、和食屋で懐石を食べた。新しい畳と香の匂いが心地よい。中庭と遠くの山が夕日に輝いて美しかった。格子に区切られ、絵が描かれた天井を見上げて、「夢のごとくにあい見たり」という詩句を思い出した。

第二日

5時半に目覚めた。窓の外には朝日に輝いた常念山脈と後立山の白い峰々が見えた。今日の晴天は保証されたと思った。

6時31分の電車で新島々に向かった。昨日買い込んだパンを食べながら、田植えが始まった水田や背景の山を眺めた。

バスに乗り込んだ乗客はあまり多くなかった。昨秋と大変な違いである。ただ沢渡の駐車場で、マイカーから乗り換える人が結構多かった。

9時前に上高地に着いた（写真33）。荷物をまとめて出発。横尾まで3時間の行程である。その間標高はほとんど稼げない。槍沢ロッジでようやく標高が1800mくらいである。以前、5月に来たときは、一気に槍の肩まで行こうとしたが、殺生ヒュッテまでで精一杯だった。今回は万全を期して、ロッジに泊まって明日槍の肩を目指す。

横尾を過ぎて山道に入ると、なぜか雲行きが怪しくなってきた。時折小雨が顔に当たる。

写真33

ロッジに着いてから間もなく雨が降り出した。松本を早立ちにしたのは正解であった。

夕食の時、槍の肩から降りて来た人の話を聞いた。低気圧が発生したから、山荘には泊まらずに槍沢に往復で下って来た人もいた。カールでは風に煽られて転倒している人が多かったという。また、遅くに登り始めたために強風に遭い、カールから引き返した人もいた。

第三日

朝になっても雨の音が止まなかった。ロッジの据え置きのパソコンを見ると稜線は風速20mを超える。気温は氷点下5℃前後である。低気圧が進むのが遅く悪天候を引きずっている。さらに悪いことに次の低気圧が大陸に見えている。明日の朝には晴れ間が出るかも知れないという程度である。ともかく9時まで天候を見て進退を決めようと思った。

ふとストーブを囲んでいる中に、魅力的な若い女がいるのに気付いた。がっしりした体つきの男と二人連れで、これから槍ヶ岳を目指すと言う。

9時を過ぎるとようやく雨が上がった。彼らはザックカバーをかけ、スパッツや雨具を付けて準備をしている。初心者でないのは見て解った。

女は身繕いを終えて縁の広いカラフルな帽子を被った。その仕草が自然で優雅であった。ルノワールの野の花の帽子を被った少女の仕草に似ていた。「彼女たちの自然（Natur）は、我々の技巧（Kunst）である」という言葉を思い出した。しかしその縁の広い帽子が強風に耐えられるのか疑問に思った。

女は出発する前にロッジの受付などをデジカメで撮っていたが、ストーブにあたって、未だ進退を決めかねている我々の方を向いて、写真を撮らせて欲しいと言い出した。ロッジの雰囲気を撮りたいのだという。もちろん反対する者はいなかった。

「ありがとうございました」

「お気をつけて」

彼女は挨拶を交わして、さわやかな笑顔を残してロッジから出て行った。なぜか小屋の中は火が消えたようになった。3時間近く時間を持て余していた私は、その一連の光景を無気力に眺めていた。居残った男たちは寂しさを感じているように見えた。と言うよりも、躊躇なく登頂を目指す人に羨望を感じていたのだろう。

私も身繕いをして下山の準備をした。持参したピッケルが長過ぎてザックカバーを被せられないのに気付いた。ストック2本をたたんでも、やはりカバーを被せられない。最近短いピッケルを持つ人が多い理由が解った。そもそもピッケルとザックカバーはあまり似つかわしくないのだが。雨は上がっていたのでカバーを掛けずに出発した。ただ、このまま引き下がるのが忌ま忌ましく、ババ平の辺りまで登って足の具合を見た。大曲を数人が登って行くのが見えた。いかにも悪天候で稜線は見えない。おまけに今年は殺生ヒュッテが営業していない。今から登るとカールの底に着くのは2時頃になるから、それから風速20mを超える向かい風に逆らって急斜面を登らなければならない。登りきれずに撤退するとなると、ロッジまで戻る頃には日が暮れるだろう。せめて早朝出立できていたなら、あるいは殺生ヒュッテが開いていたなら迷わず登頂を目指しただろう。また足元の不安もあった。新調した靴を履きならす時間がなくて、足が馴染まないことも負の要素になった。靴擦れだけでなく、足底の骨格まで痛く感じた。

潔く撤退に決めて槍沢を下った。自分の齢を感じた。脚が重く横尾に着いたのは午後1時を過ぎていた。山荘で携帯電話を充電する間にうどんを食べた。うどんはこしがあってだしも効いていて旨かった。冷凍うどんを使っているのだろう。昨日から北アルプスで遭難者が多かったようだ。心配した知人からメールが入っていた。

明日は知人に会いに行くため松代にホテルを予約している。今夜どうするか考えた。温泉に浸かってゆっくりしたかったが、連休なのでどこも満員だろう。しかも困ったことに松本のホテルを出る時、持参した文庫本を忘れて来たのだった。温泉に滞在しても時間を持て余すだろう。結局、長野の定宿にしているホテルに泊まることにした。平安堂で本を物色できるからである。

横尾を出発したのは2時半であった。ところがすっかり下山したつもりになっていたが、上高地まで3時間以上かかる。そうすると長野までたどり着くのはいつになるか知れたものではない。ともかく急いで時間を短縮するしかない。梓川の美しい景色も程々に、田中陽希ばりに小走りも入れながら先を急いだ。上高地には4時45分に着いてタクシーに飛び乗った。松本まで1時間余りで行けると言うので嬉しかった。6時6分に長野行きの特急が出る。

ところが渋滞もあって、松本駅西口に着いたのは6時2分であった。タクシー代を慌てて取り出した。

「急がなくて良いですよ」

「いえ、4分後に電車が出るんです」

「4分あれば乗れますよ」

靴擦れの痛みを圧して、慌ててエスカレーターを駆け上って走った。乗車券は持っていたのでなんとか間に合って、時間通りに長野に到着できることになった。

梓川の流れが列車に随走する。北アルプスは雲の中である。

ホテルに着くと、今夜は久しぶりに紹興酒を味わいたくて中華料理にした。ところが「古越龍山」にすれば良かったものを、瓶出しでも良いだろうと思って2合注文した。それが思ったより旨くなく後悔した。

平安堂では「ブッダ最後の旅」に関する雑誌を見つけた。

第四日

翌日はさらに文庫本を買い込んで、ホテルで読書していた。

11時のバスで川中島古戦場に行った。案内板の地図は解りやすかった。小説『風林火山』に書かれている通り、武田の別働隊の裏をかいて妻女山を出た謙信たちは、後方から迂回して雨宮の渡しから密かに千曲川を渡り、八幡原に出て信玄の本陣を襲った。13段の鶴翼の陣が11段まで破られたが、信玄の本陣は上杉軍の猛攻に耐えた。数時間後、武田の別働隊が到着して攻守入れ替わった。謙信が単身信玄を襲ったのはその頃である。その後、上杉軍は多くの戦死者を残して退却した。双方とも数千人の死者を出したこの戦いは一体何だったのか。それ以来厭戦気分が広がったのか、両者の大きな合戦は避けられた。しかし両者とも江戸時代には武士たちから大いに尊敬された。特に謙信は軍神として崇められた。上杉家では訪問して来た武士を怒らせてしまうと、謙信公愛用の杯と称して酒を奨めたという。もちろんそれですぐに機嫌が直ってしまうのである。そういう話をどこかで読んだ記憶がある。

当時の戦争は、悪でしかない近代戦争とは全く別物で、どこかロマンを感じさせる。ただし近隣の住民にとっては悪以外の何物でもなかっただろう。無私で高潔な武将と思われている謙信も、実際は兵士の略奪狼藉を黙認したし、敵国から領民を誘拐もしたらしい。戦場の下級兵士たちは、勝てば金品を略奪できるし女を奪うことができるという、まさにその一念で死の恐怖を乗り越えて戦えたのではなかったか。だから謙信でさえ、兵士の狼藉を禁じることができなかったのであろう。八幡神社の前に馬上から太刀を振るう謙信と軍扇で受ける信玄の銅像が立っていた。

公園内に市立博物館もあり見学した。長野はもともと海で、日本海に開く湾であった。海底火山の活動と隆起によって陸地になったという。善光寺平の西側は地殻変動が現在も続いており、従って一帯は地震の多発地帯である。

弥生式住居の実物大の模型があった。真ん中に囲炉裏があり、大きな円形の一間だけの造りである。それを見ていると、家族間のプライバシーはない。当時の人間は現代の日本人とは精神的にかなり異なるのであろうか。

天気は霞んでいるがぽかぽか陽気で、歩くと汗ばむほどである。その後バスで松代には1時半を回って着いた。そばを食べた後、真田博物館を見て、その後松代城跡に登った（写真34）。川中島の辺りは見えているはずだが、高速道路が前面を走り、古戦場の面影はない。大きな桜の木の下のベンチに腰掛けて、新緑の心地よい風に吹かれて、時間が流れ行くに任せた。眠り込んでも風邪は引かない暖かさである。霞んではいたが白馬岳から鹿島槍、蓮華岳まで見えた。3日前に山スキーヤーが死亡した山である。

5時過ぎにホテルに知人が訪ねて来た。彼はネットのライブカメラで槍ヶ岳が見えなかったので、私が引き返しているだろうと思ったと言う。

「殺生ヒュッテがやっていないからね。強風で急斜面を登れなかった時、ロッジまで引き返さなければならない。日が暮れるだろうし」

「奥穂のジャンダルムで滑落しているけど、一体何をしに行ったんだろうね」

「風速20mのホワイトアウトであの稜線を縦走しようとしたのだろうか。この時期ジャンダルムはトラバースできないから直登するしかないだろうしね」

「救助に行く人が可哀想だよ。大抵は無思慮な人が遭難するんだろうから」

「そうだね、遭難した人はかわいそうだけど、計画が無理だったり、装備が悪かったりという

写真34

のが大半だからね」

登山は戦争に似ている。作戦を立てた時点で、ほぼ勝敗が決まっている。登山は作戦と装備で95％成否が決定する。天候の急変や不慮の事故など、不運も重なることもあるが、悪天候の中で強行するのも作戦の誤りに属する。

何年か前の秋、奥穂で遭難者の救助に向かったヘリが墜落して、熟練した山岳救助隊員と、同乗した医師が全員死亡した事件があった。まことに不条理でもったいない話である。

「蓮華岳でスキーをして滑落しているけど、アイスバーンを滑るには、インストラクター並みの腕があって、さらに刃物のようにエッジを研がないと無理だというよ。それに針木雪渓を登ったんだろうかね」

「針木雪渓はやばい所なの」

「うん、5月でも沢を埋め尽くすような大雪崩が起きるよ」

「二人のうち一人が滑落して死んだのだね。多分スキーがうまくない方が死んだのだろうね」

「生き残った方も大変だよ。友人を死なせて家族に合わせる顔なんかないよ。一生罪の意識で苦しまなければならないだろうね」

彼は窓から北信五岳と後立山を眺めていた。そして案内板を手に取って見ていた。

「和食の懐石が予約でいっぱいでね、フランス料理にした」

「うん、いいよ、それで」

13階のレストランから夕焼け色の後立山が見えたので写真に収めておいた。

第五日

早起きが身に付いて5時半に起き出した。大気はさらに霞んでいるが下界は晴れが続いている。「ブッダ最後の旅（大パリニッバーナ経）」に関する雑誌を読み終えた。原始仏典は明治以後に日本に入ってきた。従来の中国経由で入ってきた仏教とは全く異なるので、日本の仏教者は戸惑いを感じたであろう。まさにカルチャーショックであったに違いない。ブッダは自身が教祖であるという個人的権威を否定して、各人がブッダの説いた法と自己のみを拠り所として生きていくことを説いた。禅仏教以外ではその大きな隔たりを埋めるのは不可能であろう。そのため、大乗仏教の視点から、かなり無理な解釈が付けられたようである。しかし偉大な学究中村元氏（故人）は、何のしがらみもないので、活き活きとしたブッダの言動を後世に残してくれた。現在、岩波書店から『ブッダのことば（スッタニパータ）』、『ブッダ最後の旅』、『真理のことば（ダンマパダ）』などが出版されており、容易に手にすることができる。我々現代人にとっても極めて貴重な経典で、その言葉をかみしめることは有意義である。その素晴らしい知恵に学ぶところが大である。以下は中村元氏の『ブッダ最後の旅』に依拠する。

大パリニッバーナ経は、マガダ国の王舎城の近く、鷲の峰に滞在していたブッダが、若い弟子アーナンダたちを伴って、臨終の地クシナーラーに至るまでの旅の記録である。その間、修行僧を講堂に集めて説法し、あるいは在家の信者に招かれて法話をして彼らを感動させ、その後に饗応（夕食の接待）を受けた。

ある時、ブッダの一行は商業都市ヴェーサーリーで、遊女アンバパーリーらの饗応を受けた。アンバパーリーは、裕福で土地も持っていた。それなりに教養もあったのであろう。貨幣経済が発達したことも、その時代背景にある。

遊女たちにブッダがどのような法話をされたか、非常に興味があるが、記録は残っていない。アンバパーリーが容色衰えて、諸行無常を知った頃の述懐が残っている。

若いときには、ヴェーサーリーで高級娼婦として、栄華を極めた彼女も、老後は悲惨な結末であったのかも知れない。

また、ブッダは鍛冶工チュンダに法話のために招かれて、その後に饗応を受けた。

アンバパーリーもチュンダも、カースト制度では三番目の低い身分である。ブッダはカースト制度を全く無視して、平等に一人の人間として接したのである。ブッダの教えでは、人間の価値は家柄や生まれでなく、行為によって決まる。

ところがチュンダの饗応の後、ブッダは重い病に罹る。食中毒か、あるいは赤痢ではないかと言われている。腹痛と下痢に悩まされながら、旅を続けるのである。

旅先から、チュンダが自分の食事の後、ブッダが病気になったことを気に病んでいるだろうから、慰めるために伝言するのである。ブッダの優しさが感じられる。

ブッダはしばしばアーナンダに身の回りの世話を頼む。

外衣を四つ折りにして坐る場所を作らせ、喉が乾いたと言って、水を汲んでくるように頼むのである。

ブッダはクシナーラーに着いて、なお修業者たちとの応接の末、入滅が近付く。

アーナンダに二本並んだサーラ樹（沙羅双樹）の間に、横たわる場所を作らせて、頭を北に向けて、右脇を地につけて脚を重ねて横臥する。

その後、遍歴行者スパッダの帰依などを経て、いよいよ入滅となる。

＊

「諸々の事象は過ぎ去るものである。あなた方は怠らず修業を続けなさい」

＊

これがブッダの遺言であった。一見何の変哲もない言葉であるが、死別を嘆き悲しむ弟子達の前で残した言葉である。その前からブッダは、世の中に常なるものはない。どんなに大事な人でも生別、または死別し、居所を別にする。それが自然の道理であると説いている。私はブッダという人は奇跡とか、超自然的なことは一切信じなかったのではないかと考えている。

自然科学も何もない、今から2500年前の時代においてである。死後の世界について質問されても沈黙した。議論しても無意味であるからである。輪廻というバラモン教の概念も、本当にブッダが信じていたか疑問である。ただ、ブッダはインド古来の概念を頭ごなしに否定はしない。説法の中で方便として用いることもあったであろう。正しい修業によって、生存と死滅を繰り返す輪廻から解放されるであろうという説法が、しばしば見られる。またブッダは神格化されて拝まれることも煩わしく思ったのではないか。

長老ヴァッカリという弟子が病篤く、ブッダにお目にかかりたいと、人に伝言を頼んだ。

(以下は、白石凌海『仏陀南伝の旅』講談社、2010年より引用)

病床を訪れたブッダに、ヴァッカリは病の辛さを訴えるのである。

*

「ヴァッカリよ、おまえ、辛抱ができるかね。元気はどうかね。痛みの感じももう薄らいで、増さないのではないかね。痛みが引いて、もう増さないように見えるのだが。」

「師よ、私には辛抱ができません。元気もございません。強い痛みが増して、薄らぎはいたしません。」

「ヴァッカリよ、ではおまえ、まさか戒律に対して責めを負うようなことはないだろうね。」

「師よ、私は自ら戒律に対して責めを負うようなことはございません。」

「ヴァッカリよ、もしおまえが戒律に対して責めを負うことがないなら、その時にどうしておまえに悩みがあり、どんな後悔があるというのか。」

「師よ、私は世尊にお目にかかるため、長いあいだおそばに参ろうと望んでおりました。しかし、世尊にお目にかかりに行けるだけの体力が、もう私の身体には残っておりません。」

「ヴァッカリよ、もう、そういうことはよしなさい。おまえが私のやがて（寿命が尽きて）腐敗して行くこの肉身を見たからといって、それが一体何になろう。ものごとの理法を正しく見る者は、私を見ていることになり、私を見ている者は、ものごとの理法を正しく見ていることになるのです。

ヴァッカリよ、ものは永遠に不変のものなのか、それとも無常なのか、おまえはこのことをどう考えるか。」

「師よ、無常です。」

「そういうわけだから、すべてのことが無常であることを見て、再びこの（苦の）世界に生を受けることはないと知るのである。」

＊

バラモン教では火を神聖なものとして崇拝するが、ブッダは火を使うことを禁じた。

＊

「朽ちた木を燃やしても無意味である。外的なことによって清浄が得られると考える人は、実はそれによって清浄を得ることができない。物体をではなく、心を清めるのである。(『サンユッタ・ニカーヤ』中村元訳)」

＊

私はブッダのこの宗教者らしくない、リアリティーが好きである。自然科学が発達した現代においても、馬鹿らしく聞こえないからである。一神教のように唯一絶対の創造主(神)の存在を信じないと始まらないというのではない。

＊

「歎き悲しんで死者が蘇るなら賢者も悲嘆に暮れるであろう。しかし歎いても死者が帰って来るわけでもなく、自身が健康を害して醜くなるだけである。彼(彼女)は手の届かないところに行ってしまったと覚って嘆くのをやめよ。(『スッタニパータ』中村元訳)」

＊

ブッダは大事な人を失くして悲嘆に暮れている人に、こう言って慰めた。実に味わい深い言葉である。

第六日

朝食後、フロントが混まないうちにチェックアウトをすませてタクシーで知人のアパートを訪ねた。

長々と話し込んだ後、重い腰を上げた。

私は12時の名古屋行きの電車を予約している。彼は東京に買い物に出たいと言うので、一緒にタクシーで長野駅に出た。彼はちょうど長野新幹線の切符が取れたので、改札口で別れた。

車内で山の残りの食料を食べようと思っていたが、まだしも駅弁の方がましに思えたので弁当と茶を買い込んだ。

一九、ヘルマン・ヘッセの『シッダールタ』

ヘルマン・ヘッセの『シッダールタ』を再読した。ヘッセ氏との出会いは彼の若い時の作品だったが、私は中三時代に『デミアン』を読んで衝撃を受けた。それから『荒野のおおかみ』を読んで、第一次世界大戦後に崩壊していく西洋文化と、知識人の大変な葛藤を見た。そして東洋人もすでに同じ渦の中に巻き込まれる運命にあり、東西共通の悩みを抱くようになることを予感した。

当時私は原始仏教の存在を知らなかったし、禅の素養も無かった。従って、目の前の日本の仏教が自分の悩みに全く無関係に見えた。

その後、30歳台になって、禅の研究を始めた。するとヘッセから学んだことが、禅の理解の助けとなったのである。つまり東洋的な思想が逆輸入されて私の中に入ってきたのであった。

＊

赤肉団上に一無位の真人あり、常に汝等諸人の面門より出入りす。未だ証拠せざる者は看《み》よ看《み》よ。(『臨済録』より)

＊

これはヘッセの小説に出てくる、「自己に至る道」、「内面の声を聞く」、「自己を拠り所とする」などの言葉と共通するものである。禅では血筋とか、社会的地位とか職業とか、財産の多寡とか、服装とか外面的なことを全て削ぎ落とした後に残るお前は一体何者なのだとしばしば問われる。真人とは原始仏典では正しく覚った人を意味するが、禅では悟りを開いて、何事にも捉われず、自由闊達に行動する人間のことである。限りない自由な発想が、禅の真骨頂と言える。

シッダールタはバラモン教の教えや、ブッダの説法にさえ満足できない。彼にはブッダ以外の人は誰一人涅槃には至れず、自分を欺いて修業を続けているだけに見えた。そこで一旦沙門を外れて俗界に首まで浸る。そこで出会った遊女のカマラーは、ヘルミーネに似ている。ヘッセは『荒野のおおかみ』でも官能を否定しない。精神と官能は不可分なものであるという考え方も正当に拡がっていた。もっとも古代ギリシャの昔からそうでないと西洋芸術は生まれない。シッダールタは彼女から性戯を通じて、生活すること、世間で金を稼いで裕福な人の服装をすることを教わる。しかし驚くことに初老に至るまでその生活を続けるのである。カマラーは容色が衰えて、人の世の無常を知り、ブッダに土地を寄進して信者になる。

やがてシッダールタはカマラーも今までの生活も捨てて遍歴に出る。

シッダールタは今までの行為を思い返して自己嫌悪に陥り、川に身投げしたくなる。川のほとりでその昔、若いシッダールタを渡してくれたヴァースデーヴァに出会う。彼はシッダールタの悩みを聴き、彼の悩みを理解した。そして川の声を聴き、川を友とすることを教える。彼には無為自然を説く老荘思想の影響があるようだ。東洋的な聖者のひとつの型であるに違いない。

ブッダの入滅が近付くと最後の説法を聴こうと、川の周囲も騒然となり舟の客も増える。カマラーも息子を連れて通り掛かる。息子は実はシッダールタの子であった。しかしカマラーは毒蛇に咬まれて死ぬ。息子を引きとったシッダールタは煩悩に苦しむことになる。子どもは彼には馴染まず、結局町に出て行ってしまう。追おうとするシッダールタをヴァースデーヴァは軽くたしなめる。シッダールタは愛執を捨て切れずに悩むが、やがて彼は運命と闘う事をやめた。川の流れ、生命の流れとの一体感、万物の流転に身をゆだねて、宇宙とひとつになった境地に至る。

その後、若い時いっしょに修業した親友ゴーヴィンダに二回出会う。一回目にゴーヴィンダは無防備に眠るシッダールタを危険から見守ってやるが、最初は彼であることに気付かない。シッダールタの服装や髪が修業者のものではないからである。覚醒したシッダールタと会話するが、シッダールタが在野で遍歴しているという意味が、ゴーヴィンダには理解出来ずにそのまま立ち去る。

二度目に出会ったときも、ゴーヴィンダはシッダールタに気付かない。会話するうちに気付くが、彼の話の内容に全く共感出来ない。論理がチグハグでむしろ馬鹿げて聞こえる。しかしゴーヴィンダはシッダールタの顔に聖者の相貌を見る。東洋的な一如という境地を感じ取った。

この辺り、仏教の悟りよりも荘子を思わせるようなところがある。

「またお前は夢の中で鳥になって天高く跳び回ったり、魚になって淵の奥深く潜ったりするだろうが、ではここでいま話しているお前は、一体目覚めているのか、それとも夢の中にいるのか。是非にとらわれて他を非難するのは、にこやかにすべてを受け入れるのに及ばず、にこやかにすべてを受け入れるのは、推移のままに身を委ねるのに及ばない。推移に安んじて変化してこそ、静かな天と一体の境地に入って行くことが出来るだろう。（『荘子内篇』「大宗師篇第六」ちくま学芸文庫）」

シッダールタは思想を重要視しない。20世紀のドイツ人の気持ちが反映されているのかも知れない。シラーの理想主義も、ヘーゲル、フォイエルバッハ、ショーペンハウエル、ワーグナーとニーチェなど錚々たるドイツの思想も、偏狭なナショナリズムから世界大戦に至る近代史を変えることができなかった。ヘッセはむしろ無為自然を説いた老荘思想に共感を示していたものと思われる。

最後は、シッダールタは年老いたヴァースデーヴァに代わって、川の渡し守になるのである。

二〇、ゴッホとゴーギャン

午前の仕事が終わると握り飯を持って、あわてて京都を出発した。4時までに上野の美術館に着きたかったからである。今上野に「ゴッホとゴーギャン展」という企画が来ている。上野駅の改札口を出て急ぎ足で歩いた。雨上がりの上野公園を歩いていると、風が少し寒くなってきた。雲の切れ目に青空がのぞいている。

美術館は予想通りかなり混んでいた。しかし、終了間近になると空いてくることを期待した。ゴッホの初期の作品は農民や織工を描いた作品が多い。デッサンはかなり正確である。ニューネンの廃墟のような教会（農民の墓）が崩れていく様が何度か描かれたようだ。滅び行くものに愛着を感じたのかも知れない。

ミレーやテオドール・ルソーの素晴らしい絵も見られた。

そしてゴーギャンの初期の絵。金融業から画家に転向した彼は、生活に苦しんだが、絵画以外に道はないと友人に語っている。そして自画像を多く描いた。彼の遠くを凝視する目の輝きは、絵画に対する情熱を描いたものとされている。のどかな牛と牛飼いの絵は楽しい作品である。セザンヌ、ピサロ、モネの作品も見られたのは慶びであった。言われてみると確かにこの頃のゴーギャンにはセザンヌの影響が見て取れる。

ゴッホがゴーギャンを迎え入れるために、椅子を用意したり、部屋に花を飾ったり、細かい心遣いをしているのが興味深かった。ゴッホは上等の肘掛け椅子をゴーギャンに譲り、自分は粗末な椅子を使用した。それは今も絵に残っている。彼らはお互いから多くを学んだことだろうけど、結局二人は我が道を行かざるを得なくなった。彼らは絵のことで激しい口論をするようになった。ゴッホが耳を切った事件以来、ゴーギャンは「黄色い家」を出た。

ゴッホが自殺した時のゴーギャンの言葉は印象的である。

「彼の死は実に悲しい出来事だが、本当の意味では私は悲嘆していない。なぜならこうなることは解っていたからだ。彼はひどく精神を病んでいて狂気と戦っているのを私は見て来た」

ひまわりは二人の交錯点であろう。ゴッホと決裂した後も、ゴーギャンは回想して『ひまわりを描くフィンセント・ファン・ゴッホ』を描いている。ただ絵の中のゴッホは、ゴーギャンに似ているように思える。またゴッホの死後、肘掛け椅子に載ったひまわりを描いている。これは二人の交友の記念品なのであろう。二人の友情の破綻は、はた目にも非常にあわれである。昔の人の言葉を借りると、一掬《いっきく》の涙を禁じ得ないというところか。

『収穫』は学校時代の教科書で知っていたが、実物を見るのは初めてであった。まだ明るい色彩で、後年の人を不安にさせる絵ではない。地平線は高く設定されており、農村の収穫の風景を俯瞰《ふかん》できる素晴らしい構図である。中央の木製の荷車が主役のように目立っている。5時を過ぎると人がいなくなって、しばらく一人でこの絵の前に立っていた。ゴッホの肉筆を見ることができる幸運を体で感じた。

タヒチに渡ったゴーギャンは、簡単に現地人になじめたわけではなかった。その点、小説『月と六ペンス』とは少し異なるようである。

全体に平面的な人物像は浮世絵の影響もあるのだろうか。この人物達と打ち解けるまで少し苦労をしたと伝えられている。一番の興味は『タヒチの三人』であった。背を丸めた男の両脇に二人の女がいる。男は自信なさそうに猫背の背を向けていて顔は見えない。右の女は花を持って男をまっすぐに見ている。左の女は左手にリンゴを持って挑発的な目でこちらを向いている。このリンゴが聖書のイブの寓意なのかは不明である。この時期のゴーギャンは宗教的な謎めいた絵を書いたと、一般に言われている。

ゴッホもゴーギャンも日本の浮世絵から影響を受けた。ゴッホはテオ宛の手紙でいかに日本の絵に感嘆したかを書いている。以下は、『2017~2018年ゴッホ展画集』圀府寺司氏らによる解説より引用。

「日本美術を研究すると、疑いなく賢者で哲学者で、知性に溢れた人物に出合う。その人は何をして時を過ごしているのか。地球から月までの距離を研究しているのか、ちがう。ビスマルクの政治を研究しているのか、いやちがう。その人はたった一本の草を研究している。

しかし、この草がやがて彼にありとあらゆる植物のデッサンを描かせる。ついで季節、自然の大景観、最期に動物、さらに人物を描かせるようになる。彼はそのようにして生涯を過すが、すべてを描きつくすには人生は余りに短い。

どうだろう、まるで自分自身が花であるかのように自然の中に生きる。こんなに素朴な日本人が我々に教えてくれるもの、それこそ真の宗教といっても良いのではないだろうか。

日本美術を研究するともっと楽しく、もっと幸せになるに違いないとぼくには思われる。因習まみれの世界で教育され、働いているぼくらを自然へと回帰させてくれると。」

「日本の画家達が頻繁に作品の交換をしていたことに僕は随分以前から心をうたれてきた。これは彼らが愛しあい、助けあい、ある種の調和に支配された関係を保ち、陰謀などではなくまさに兄弟愛に満ちた生活を自然に送っていることの証拠だ。この点において彼らに近づいていければ、僕らももっと良くなって行くであろう。これらの日本人たちはまた、ほんのわずかの金しか稼がず、一介の労働者として暮していたらしい。」

前半は広重の絵の本質をついていると思う。北斎の絵手本（北斎漫画）もたしかにその通りだろう。これらを読むと、ゴッホがいかに優れた感受性と洞察力を持っていたかがよく解る。また、キリスト教がもはや救いとはならないことも暗示する。しかし後半はゴッホの思い違い、というよりもゴッホの思い描いた理想郷が重なったのではないか。現実の江戸時代の日本画家は、みにくい争いもしたはずである。ゴーギャンとの共同生活も、この辺りの助け合いの発想から生まれたようである。

ゴッホの絵に見られる、画面の真ん中の大きな立ち木、高い地平線、蝶や花に近接した目線、草に埋もれそうな中を歩く人物、立木とか草原とか斜に横切る構図、人物画の表情など確かに指摘されれば浮世絵との共通点が見える。

二一、シューベルトの第九交響曲を聴きに

上野駅でTと連絡を取りあって築地の寿司屋に行くことにした。

新橋駅で待ち合わせてタクシーで寿司屋まで。

カウンターで板前さんの仕事を見ながら寿司を食うのも良かったが、荷物が多かったので個室にした。また、その方が周囲を気にせずに話すことができる。彼は言った。

「明日の『第九』の切符はすでに売り切れだった」

「それは残念だね。大阪で聴いたブルックナーの『第七』は悪くなかったよ。ズービン・メータはなかなか上品な顔をしていた」

「あさって休日だったんだな。もっとカレンダーをよく見て俺も切符取れば良かった。大阪では他に何があったの」

「モーツァルトのリンツ」

「ああ俺リンツはあまり好きでないな。4日間くらいであわてて構想を練って創った曲だろう」

「うん、前もって頭の中で出来上がっていたのではなく、とっさに思いついて創ったようだ」

「だから、いくら天才でも内容は今ひとつ」

「うん、第一楽章の序奏は好きだけど主題がね、若造の悪ふざけみたいな、まるでレポレロの足踏みたいな。お前にはモーツァルトのフモールが解らないのだと言われたらそれまでだけどね」

「やっぱりプラハ以後じゃないの。本当にモーツァルトの真価が発揮されるのは」

「リンツも対位法なども使われて後期の交響曲の香りはするけどね。アダージョとメヌエットは好きだけど、フィナーレは彼にしてはあまり中身がないように思える」

それでもヴァイオリンのさわやかで伸びやかな音と、木管楽器の聞き惚れるような旋律はやはりモーツァルトの音楽である。プラハ以後の4曲と比べると物足りないというところであろうか。

「明日のシューベルトの『第九』の楽譜を持ってきたよ。明日もう一度研究しようと思って」

「俺も『第九』聴きたかったたな」

「パンフレットに書いてあったけど、ウィーンフィルの新しいコンサートマスターの一人が、全くウィーンで学んでいないアメリカ人に決まったそうだ」

「だんだん伝統が壊れていくんだね。昔のウィーン人だけの方が良かったのに」

「それがまた美徳みたいに言うんだね。去年日本に来た時、コンサートマスターが昔と比べて随分音色が変わったと嘆いていたらしい。もっとも我々はＣＤでしか昔の音色を聴いたことがないのであまり解らないがね」

久しぶりにネタの新しい寿司を味わえた。地酒もよかった。

帰りに東京駅でコーヒー屋を探したが案外ない。歩き回って一軒見つけて甘いデザートを頼んだ。

「酒飲んだ後、甘いものが欲しくなる理由知ってる」

「いや、知らない」

「肝臓でアルコールの分解が優先されるから、糖新生ができないらしい」

「つまり低血糖になるのか」

マスカットのパフェがいやに美味だった。

彼は長野新幹線の終電の一つ前の電車で帰った。

＊

翌朝早めに起きて40階のビュッフェに行った。天気は悪く、遠くは見えない。今日はデトロイト美術館に朝早く行くことに決めていた。前売り券は手に入れているので15分前に行って並ぶ作戦である。

「早起きは三文の徳」どころではなく、7時に朝食を済ませて店を出ると、外は長蛇の列であった。ロビー階に降りると、和食屋も長蛇の列であった。

大雨の中、開館15分前に玄関に着いた。既に20名ほど並んでいたが、文庫本を読みながら時間を潰した。入場券を持たない人は、まず券を買うために並ばされる。

この展覧会は月曜、火曜に限って写真撮影が可能だという。年内にもう一度来るので、是非カメラを持参しようと思った。

ここにもゴーギャンの『自画像』があった。ゴーギャンの『自画像』は晩年のものらしいが、恐ろしく不機嫌な顔である。そしてゴッホの『麦わら帽子を被った自画像』と、『オワーズ川の岸辺、オーヴェールにて』という船遊びの絵があった。後者は寒色が目立つ不気味な絵である。川に迫るように生い茂った樹木は、晩年のタッチで描かれて不安を感じさせる。制作は1890年となっている。

印象派とポスト印象派の絵がかなりの数見られた。やはり自分は、この辺りの絵が最も好きである。

エドガー・ドガの『ヴァイオリニストと若い女性』という絵は引き込まれるような魅力がある。モディリアーニの独特の人物像は不思議な魅力を感じさせる。黒目のないくすんだグリーンの目、長い首、なで肩などである。ピカソの若い時の絵は魅力的だが、有名な後年の絵には私はあまり共感できない。キュビズムは私には理解できないと言うべきだろう。

美術館を出ると、ほぼ雨が上がっていた。園内の陶器市を見に行った。鍋島焼というのは伊万里、有田など佐賀県の陶器をまとめて言うらしい。寿司用の厚手の四角い皿を買った。重いからこけないのが売りである。益子焼のぐい飲みが気に入ったので息子の分も買った。瀬戸焼のフクロウの親子がかわいいのでそれも買ってしまった。柿渋染めの軽いバッグも買ってみたが京都のものらしい。

*

演奏会場の川崎市まで東海道線を使うと早く行ける。初めて駅前に降り立つと、混雑ぶりはどこの街へ行っても同じである。ホールはすぐに見つかって少し時間が余った。

最初が『ドン・ジョバンニ』序曲、次がドビュッシーの交響詩『海』、最後がシューベルトの『第九』であった。ドビュッシーが葛飾北斎の浮世絵の印象から交響詩『海』を創ったという事実は初めて知った。彼がロマン主義に背を向ける前の作品のようだが、G・マーラーが開拓した和声の影響も見えるように感じた。

シューベルトの『第九』は、特にフィナーレは怪鳥が飛び立つような曲でよく解らなかったが、年を経ると違う見方をするものである。第一楽章は第三主題まであるように思える。管楽器の活躍、単調な繰り返し、ユニゾンの大合奏など、ブルックナーを先駆けるようである。第二楽章は弦楽器の伴奏の上に、管楽器による美しい主題が歌われる。経過句として現れる旋律も実に美しい。その再現部の終わりの恐ろしい和音は楽譜を見ると減七の和音に他ならない。この部分はイ長調ピアノソナタの第二楽章とも共通するようだ。晩年のシューベルトの絶望と怒りが爆発したように感じられる。やはり彼は不治の病を最も苦にしていたのではないか。新しい境地を開いて、これから飛躍しようという時に人生を終わらせられる不条理を呪ったことだろう。友人に宛てた手紙に、自分はこの世で一番不幸な男だと書いている。まるでハイネの「アトラス」を思わせる言葉である。

スケルツォはすばらしく、中間部の天国的な旋律は聞き惚れてしまい、長さを感じさせない。荒々しいスケルツォと中間部の美しいトリオの対比はブルックナーに受け継がれたように思う。

フィナーレはよく聴くと祝祭的な音楽である。ベートーヴェンの『第九交響曲』の影響が垣間見える。この時期友人に宛てた手紙に、ベートーヴェンの新しい交響曲がウィーンで話題になっていると書いている。自分も神が許すなら同じような演奏会を開きたいと言っている。シューベルトは自身の『第九』の初演を画策したが、結局、演奏不可能という理由で拒否された。まことに気の毒この上ない。作曲者にとって、誰かが取り上げて演奏しないと、日の目を見ないことになる。今日、日本でもこれだけ演奏されているのが皮肉である。フィナーレの第二主題はどことなく歓喜の主題に似ているようだが、展開部に現れるのはまさしく歓喜の主題の変奏ではないか。コーダは驚異的な音楽である。ユニゾンで4回鳴らされるC音と、その後の金管による3連符は実にデモーニッシュである。その後再び祝祭的になって、この大交響曲を締めくくっている。ヴァイオリンの付点音符は第一楽章からフィナーレに至るまで繰り返し現れ、そのリズムが曲を統一しているように見える。フィナーレはかなり速く弾く方がこの曲の特質が出るだろう。私はフルトヴェングラー、カール・ベーム、ルドルフ・ケンペの演奏が好きである。

この『第九』は『未完成交響曲』とあまり作曲年代が変わらないという意見もあるが、私はそうは思わない。二つの交響曲の作風はかけ離れており、『第九』は最晩年のピアノソナタと共通点があるからである。

後年シューマンとメンデルスゾーンによって見いだされるまで、この偉大な交響曲は埃を被っていたのだ。

上気した顔で、夜の町を通り過ぎてホテルに帰った。ワインを飲みながら、シューベルトのことを考えていた。

二一、ヴェルディのオペラ　1（『ファルスタッフ』、『リゴレット』）

新幹線で東京に向かっている。トンネルを出て瀬田川を渡ると緑が美しい。浜名湖から静岡県を走っている間、地震に対する恐怖をいつも感じる。海べタを走っていて東南海地震が来たらひとたまりもないだろう。浜名湖の上で列車が止まったら、じっと津波に飲み込まれるしかすべがないのである。また、東京に直下型の地震が来ることは避けられないだろう。富士山の噴火も近い将来起こりうるだろう。

そんな危険を冒してもヴェルディのオペラを聴きに行く。広重の版画も展覧中である。『名所江戸百景』や広重の後継者たちによる文明開化時代の東京・横浜の浮世絵も展示される。オペラは今週が『ファルスタッフ』、来週が『リゴレット』である。

東京にはまだ明るいうちに着いた。駅から三菱一号館美術館まで歩いた。浮世絵の絵師は沢山いるが、初代広重が傑出している。構図がすばらしく、その遠近法は西洋に逆輸入された。平面的なはずの浮世絵が距離感十分に描かれている。ヴァン・ゴッホも広重の絵を三点模写している。雨の中の日本橋と、梅園の図と花魁の絵である。その梅園の元の絵の写真『亀戸梅屋敷』が展示されていた。パリに集まった画家たちはずいぶん浮世絵から影響を受けた。モネ、マネ、セザンヌ、ゴーギャンを始め、ロートレック、ヴァロットンまで錚々たる画家たちである。現代の日本人よりも、当時の西洋の画家の方がよほど広重を識っていたのである。

四谷からいつもの散歩道を歩いていると、桜並木の木の葉はくすんでまばらになってきているのに、まだツクツクボーシが最後の声を振り絞っている。ツクツクボーシの声を聞くと、今でも学校時代の憂鬱を思い起こす。毎年8月のお盆を過ぎたあたりから、ツクツクボーシが鳴き始める。やがて夏休みが終わり、また学校が始まるという憂鬱。

午前中時間があったので、山手線で上野まで出て、「ルーブル美術館展」を見た。地中海文化が主題で紀元前20世紀頃から現代まで工芸も含めて展示されている。食器類は絵画よりもかなり昔から完成度が高い。日常で使うので早くから発達したのだろう。

近代のオスマントルコの没落まで、イベリア半島、北アフリカ、エジプト、中東、トルコ、バルカン半島までイスラム文化が席巻していた。十字軍の頃はヨーロッパの軍隊も、アラビア軍を打ち破ることは出来なかった。18世紀頃になると、西欧の軍事力の進歩により、西欧が優勢になった。西欧の勢力と張り合うには、その軍事力の進歩を学ぶしか手段がないのだが、イスラム人にはそういう発想は生まれなかった。彼らはイスラムの神が、なぜこのような不条理を赦しておくのか、と悲憤に暮れたに違いない。

絵画は、『クレオパトラの自殺』が印象的だった。作者の名前は忘れたが、豊満な肉体のクレオパトラが毒蛇に左の乳房を咬ませている場面である。不思議な魅力を持った絵であった。死ぬ時も官能的であり続けた女という意味においてである。

午後2時頃、上野公園内の精養軒というレストランでランチを食べた。今夕、オペラが催される東京文化会館の敷地内にある。大正時代からありそうなレトロな名前である。本当は西洋軒という意味で、西洋料理を出す店という趣旨なのではないか。店の中はレトロではなかった。

【ファルスタッフについて】

騎士の権威がすでに廃れた時代、ファルスタッフが、金策のために誘惑しようとした女房たちに懲らしめられるという筋である。二人の女に同時に同じ恋文を送ったために彼の意図がばれてしまう。

『ウィンザーの陽気な女房たち』も良いが、ファルスタッフを洗濯かごに押し込んで川に放り込んだだけでは収まらず、森に誘い出していじめるというのは、執拗な女たちだと思うのは私だけだろうか。ファルスタッフが「妖精を見たものは命がなくなる」と信じ込んでいるのは奇妙な話に思えるが、アイルランドでは現代でも妖精を信じている人がいるという話だ。

「行け、老いたるジョンよ、命に向かって（命ある限り）“Fa, vecchio John”」というモチーフが何回か出てくるが、なかなか気に入った。老ヴェルディの心情が表れているようだ。川に放り込まれたファルスタッフが、川から這い上がって、嘆きながらバーで酒を飲むシーンは味がある。

「おい、おやじ、乱世だ。裏切りの世の中だ。おやじ、熱いやつを一杯くれ。ひどい世の中だ。道徳のかけらもない。すべてが地に落ちたんだ。行け、老いたるジョン、行け、死に絶えるまで。(黒田恭一訳、以下同様)」

おやじが持って来た酒を味わいながら、元気を取り戻す。

「うまい。うまい酒を飲み、太陽に胸を開く。いいもんだ、良い酒というのは」

そこへ、また女房たちの使いにやって来た女がいた。ファルスタッフは性懲りも無く、また騙されて夜の森に誘い込まれ、酷い目に遭わされる。

しかしそのどさくさに、アリーチェが夫のフォードが反対していた娘とその恋人が結婚できるように画策して、成功するのである。

登場人物の中でフォードという金持ちの男が印象的である。ファルスタッフが女房に恋文を送ったことを知り、怒り狂うのだが、その言葉が面白い。

「ドイツ人にはおれのビールを、食いしん坊のオランダ人には、俺の食い物全部を、トルコ人には俺の最上のブランデーをくれてやろう。しかし、女房だけは誰にもやらないぞ」

そして嫉妬の感情が快感だと言うのである。

最後はファルスタッフがはかりごとに気付き、「すべてこの世は冗談、人は道化師の生まれつき……」の合唱で幕を閉じる。

翌週、『リゴレット』を聴きに、また東京に。

美しい歌唱が楽しみである。ただ、何となくジルダが死ぬ場面は見たくない気がする。つまり若い人が無駄死にするのを見るのは辛いからである。


【リゴレットについて】

マントヴァ公爵に仕えるリゴレットという亀背の道化師が主役である。公爵は原作では国王であったが、当局の圧力で変更せざるを得なかった。リゴレットは美しい娘ジルダと二人暮らしである。女癖の悪い公爵の横暴に苦しむ人たちを、リゴレットが笑い者にしたため呪いをかけられ、暗い結末が予告される。

公爵は教会でジルダに目をつけ、リゴレットの留守中に突然現れて、貧しい学生と偽りジルダに言い寄る。純真なジルダは公爵に恋心を抱く。その後、ジルダは公爵の廷臣によって誘拐される。

当時は女の人権など無いも同然だったし、女を誘拐するなんてことは結構行われていたようだ。貴族に戯れで玩ばれても文句も言えない時代であった。裏切られた男に対する純粋な恋心に殉じる話が、西洋の物語にはしばしば出てくる。今の時代を見る限り、女という生き物はもっと打算的な生き方をするだろう。私には恋に殉じることが少しも美徳とは思えないが、そこは19世紀（１８５１年）の作品である。

娘を弄ばれたリゴレットが殺し屋に金を渡して、公爵を殺すように依頼するのだが、ジルダが公爵の身代わりになって殺される。リゴレットが、公爵の死体が入っていると思った袋を川に投げ込もうとする時、公爵の『女心の歌』が遠くから聞こえてくる。リゴレットが驚いて袋を開けると、中には瀕死の娘が入っていた。

「ジルダ、わしのジルダ、死んだ、ああ、あの呪い」

リゴレットの悲痛な叫びで終わる。

結局リゴレットが公爵に復讐しようと考えたことが、愛娘の死を招くことになった。復讐する力がない弱者は、「打たれたらもう一方の頬を差し出せ」というキリストの教えに従っていれば良かったのである。

当時は芸術作品に対する検閲が厳しく、ヴェルディはこの作品を世に出すのに苦労したようだ。フランス革命の直前に出たオペラ『フィガロの結婚（１７８６年）』とその意味で共通点がある。

原作はヴィクトル・ユーゴーの『王は愉しむ』という戯曲であった。これはフランスで初演されたが、すぐに上演禁止になった。ヴェルディはなるべく原作に忠実にしたかったが、ヴェネチア市（当時はオーストリア帝国の統治下）当局の許可が下りなかった。その後、手を加えて曲折の末、１８５１年に初演にこぎつけた。

舞台は良かった。二重唱と四重唱は期待通り素晴らしかった。

二三、ヴェルディのオペラ　2（『ナブッコ』、『シモン・ボッカネグラ』）

代々木公園のホールまで行く前の午前中、新宿の『東郷青児美術館』に立ち寄った。内容はゴッホの先駆者と見なされるオランダ絵画とゴッホの初期の作品である。オランダ人による海景は非常に魅力的である。帆船が描かれていればなお良い。空が夕焼けであったり、荒天であったり、美しい青い空と雲の微妙な色であったり様々である。ヘンドリック・ヴィレム・メスダッハという人の『オランダの海岸沿い』が最も目を惹いた。帆船と浅瀬の波、夕暮れの空と雲を映した海面など、見ていて飽きない。

ゴッホの絵は、『雪原で薪を集める人々』、『白い帽子をかぶった農婦の顔』、『長い棒を持つ農婦』、『ジャガイモを掘る二人の農婦』の4点であった。いずれも初期の作品で大地に生きる人間や農民を描いたものである。デッサンは流石にしっかりしているが、色彩は驚くほど地味で、後年のゴッホの色彩と対照的である。

繁華街で昼食を摂って、書店で1時間ほど時間潰しをした。面白い本を3冊見つけたので購入して家に送った。いずれも白水社の復刻版である。

1）ピーター・ヘイワース『クレンペラーとの対話』
2）高木仁三郎『いま自然をどうみるか』
3）ピーター・コンラッド『オペラを読む――ロマン派オペラと文学形式』

クレンペラーの話は20世紀の音楽界の巨匠の貴重な証言である。偉大な音楽芸術が第二次世界大戦によって終焉を迎える大変な時代である。クレンペラーもしばしば政治に翻弄された。グスタフ・マーラーからシェーンベルク、ストラビンスキー、ウェーベルンなどに至る音楽家との交流は大変興味深い。

高木氏の本は、物理学者として原発という悪魔との契約に他ならない科学技術に、一貫して命を賭して反対してきた、私が尊敬する科学者の著作である。

コンラッドというイギリス人の本を買ったのは、ヴェルディのオペラ、特に今回聴きに行くナブッコとシモン・ボッカネグラがなぜ愛国的なオペラと言われているのか、その背景を知りたかったからである。ただ、R・ワーグナーを矮小化した記述や挿絵は、このイギリス人のドイツ音楽に対する理解の限界を示したものと私には思えた。

【ナブッコについて】

『ナブッコ』はヴェルディの若いときの作品なので、当然ヴェルディの最良の音楽ではない。

『ナブッコ』の音楽は『バビロン捕囚』の合唱のような美しい音楽もあれば、好きになれない音楽もある。序曲から現れる小太鼓の連打と空中庭園の音楽の旋律とピッコロのうっとうしい装飾、アビガイッレのヒステリックなコルラトーラは苦手である。私はオーケストラに小太鼓は不要だと思っている。アビガイッレの「私を好きに使うが良い」というアリアは勇壮で美しい。

物語はユダ王国の末期にバビロニアの征服者ネブカドネザルの侵略を受けた時の話である。ソロモン王の堕落した治世が予言者によって非難されたが、その後も変革されずに滅亡に向かう。

エルサレムに乱入したネブカドネザルは神殿を壊し、民衆を捕虜にし、さらには自分が神であると公言する。それが神の怒りを買い、雷が頭上に落ちて全く無力な痴人に落ちぶれる。その隙を狙ってアビガイッレが女王の地位についてしまう。アビガイッレは王と奴隷の間に生まれた女となっている。そして王の娘のフェネーナも含めてユダヤ人の殺戮を企てる。

ユダヤの神に許しを乞うて復活したネブカドネザルは、娘のフェネーナを救出し、アビガイッレは服毒自殺をする。瀕死のアビガイッレが許しを乞う場面は全く蛇足と思われる。あくまで悪女で終わる方が彼女にふさわしい。最後はユダヤの神を賛美するところで終わっている。

このオペラの結末は史実とは全く異なっている。史実ではユダヤ民族はネブカドネザルによってバビロニアに強制移住させられ、民族の不運は続くのである。しかしこの移住の間に民族の独自性を保つために、旧約聖書の一部が編纂された。紀元前537年頃、ペルシャ王によって、とらわれていたユダヤ人が、エルサレムに帰還して神殿を建てることを許された。その後、紀元70年頃ローマ帝国に反抗して滅ぼされ、ユダヤ人は離散した。彼らは旧約聖書の教えに従い苦難に耐えれば、世界の終末に臨み（当時ではローマ帝国の滅亡である）、神によって世の中の不正が取り除かれる「最後の審判」の日に彼らが報われるのだと考えた。

それから約1800年以上経た第二次世界大戦後、英仏との密約によって、ユダヤ人は曲がりなりにも祖国の再建に成功した。予言者によっていろいろ言われたことが、この年数を経て実現したことは、誠に驚嘆すべきものがある。この十何世紀にも及ぶ長年、彼らは旧約聖書を信じ、選民思想を持ち続けたのであった。二つの世界大戦は西洋の没落を招いたが、決して彼らが待ち望んだ最後の審判ではなかった。そのためイスラム教徒との果てしない抗争が延々と続くことが運命づけられたのである。

このオペラは当時、教皇、イスパニア、オーストリアの圧政に苦しんでいたイタリア人の愛国心を大いに鼓舞した。バビロン川のほとりで捕囚たちが歌う合唱は、第二のイタリア国歌となった。圧政に苦しむ紀元前のユダヤ人と、抑圧された19世紀のイタリア人の思いが重なったのである。

【シモン・ボッカネグラを聴きに】

よく晴れて朝から暑い。日本は5月も末になると容易に30℃を超えるようになる。ただ、朝晩が涼しく、湿度も低いので、まだ凌げる。今日一日動きやすいようにホテルのチェックアウトのときに、大方の荷物を宅急便で家に送った。必要最小限のものを手提げ袋に納めて、神保町に向かった。絶版になったプーシキンの『モーツァルトとサリエリ』という戯曲を読みたくなったのである。ついでにいろいろ古書をのぞいて歩くのも嫌ではない。目的物は手に入らなかったが、若い男の店員が親切にもパソコンで調べてくれて、小田原の古書店にあるということがわかった（ただ、後日入手して読んでみると、それほどの内容ではなかった）。

上野の東京文化会館でオペラを聴くのだが、午後3時まで時間があったので三省堂本店で時間を潰した。大きな書店で時間を気にせずに本を見て歩くのがいかに楽しいか、最近つくづく思うのである。

『転換期の日本へ――「パックス・アメリカーナ」か「パックス・アジア」か』という本を買った。アメリカ人とオーストラリア人による共著書である。日本が避けて通ることができない問題が書かれている。日本がアメリカの属国であるという事実は、この本の著者に言われるまでもないことである。それを理解していない驚くべき無知な政治家が、かつていた。政治学の世界的権威である著者たちの主張は重みがある。日本の為政者も謙虚にこういう本を読めば良い。ただ領土問題に関しては、日本の言い分よりも中韓の言い分をより多く取り上げているように思える。オーストラリアは戦時中の日本軍による捕虜虐待や、慰安婦の扱いなどのため、やや反日的であるのは致し方ない。

著者が言うように戦前の日本の帝国主義、植民地主義、侵略戦争を認めず、歴史を修正する動きは、アジアのみでなく欧米諸国にも嫌悪感を持たれている。同じ敗戦国のドイツにさえ軽蔑されるであろう。いまだに「日本は神の国である」と臆面もなく語る政治家がいることも驚きである。太平洋戦争で日本は欧米に支配されたアジアを解放したという主張は、日本が代わって植民地支配を続けて、住民を虐待した事実から、真実味を欠いた全くの虚言である。

将来の「パックス・アジア（アジア中心の秩序、平和）」を実現するために、アメリカの属国である日本が、果たして創造的で新たな多国間秩序作りに際して、真に独立した国として、創造的な政治的手段を発揮する役割を担えるかという問題が提起されている。日本が国際的に通用する歴史認識を持たない限り、まず触れることさえできないだろうし、諸外国に相手にされもしないだろう。

ただ、最近の情勢では力をつけてきた中国が、半導体や宇宙戦略でアメリカと覇権を争うようになった。現在進行している米中貿易戦争は、その点が最も重要であるようだ。アメリカとしては覇権を死守するだろう。中国という国の本質を考えると、「パックス・アジア」というのは実現不可能な机上の空論に過ぎないように思われる。

なお、アメリカがアジアに火種を残すために、サンフランシスコ条約で領土を曖昧にした、というのは真実味がある。案の定、冷戦が終焉を迎えても、アメリカがアジアに留まる口実が出来ているからである。

本からは外れるが、戦後史を考えるに、ジョージ・ブッシュというのは最悪の大統領であろう（この時点ではまだトランプ大統領は出ていなかった）。テロとの戦いとか言って、アフガンやイラクで大義のない戦争を起こして、アメリカの国力を衰退させたからである。つまり「パックス・アメリカーナ（アメリカによる自由主義国の平和）」の終焉を招いて、世界の安全保障上由々しき事態に至ったのである。しかも悪いことに、独裁者フセインが押し込めていた野蛮な武装組織を一斉に世に出したのである。いわば閉じ込めていた毒蛇の壷の蓋を開けたようなものであった。

以前の国力のアメリカであれば中国もロシアも今のように傲岸な態度に出られなかったであろう。その結果、自由主義国の安全保障にかげりが見え始め、次の世界大戦が現実味を帯びてきたのである。

「国力を蓄えるまで牙を隠せ」と周恩来が言ったのを忘れてはならない。欧米人や日本人が世界大戦の愚かしさを学んだのに対して、中国人は歴史の教訓を学ばなかった。ただ、抗日戦の勝利を祝う空疎さを示すだけである。GDPで日本を追い越し、アメリカが衰退したのを見計らって、中国が攻勢に出て来たのである。尖閣の棚上げは中国が国力を蓄えるまでの方便であったと私は考えている。

タクシーで上野に出て、上野公園を歩いていると暑さに参った。後で知ったのだが、この日東京は34℃まで気温が上がったそうだ。木陰の石の上に腰掛けて開演を待った。上野駅と公園の間を実に多くの人が往来する。群衆の足音と話し声、車と電車の音が入り交じって押し寄せてくる。私は宿無し者のように、途切れない人の流れを無感覚に眺めていた。

【シモン・ボッカネグラについて】

『シモン・ボッカネグラ』はヴェルディの円熟期の作品で、多分彼の最良の作品の一つであろう。私は『ファルスタッフ』と並んで、ヴェルディのオペラで一番好きである。ただ、第三幕の序曲の中の荒々しいリズムの音楽だけは好きになれない。ドイツオペラと比べてヴェルディのオペラはかなり民衆的である。

シモン・ボッカネグラは14世紀の海洋都市ジェノバに実在した総督である。元々は勇敢な海賊だが、英知に富むので市民派から総督に推される。貴族派のフィエスコは政敵である以上に、その娘との仲を認めない頑迷な父親として、ボッカネグラに敵対し続ける。ボッカネグラはいくつかの抗争を切り抜けていくが、娘のアメーリアが政敵のアドルノと恋仲にあるのを知って驚愕し悩む。しかし、それも赦すことによって、ジェノバの対立抗争を収めようとする。そして最後にはアドルノを次期総督に推薦する。

ボッカネグラは市民派の盟友だったパオロに裏切られ、毒を盛られて死に行くのだが、最後にフィエスコがボッカネグラの娘アメーリアが自分の孫娘であることを知って、ボッカネグラと和解するのである。この場面のバリトンの二重唱は感動的である。

婚礼を終えたアドルノとアメーリアにボッカネグラは死が近いことを告げる。慶びが一転して悲しい場面に転落する。慶びの時間は何と短いのかというアドルノの叫びが聞こえる。

最後の場面は感動的である。死に行くボッカネグラの音楽はまさにレクイエムの世界である。圧倒的なソプラノと情熱的なテノールは心を揺り動かす力を持っている。アメーリア、アドルノ、ボッカネグラ、フィエスコの四重唱に合唱が加わったクライマックスの転調は実に見事な効果を生じている。

これら人を陶酔させる歌唱が果たして純粋に芸術的であるか、疑問を感じさせないわけではない。私にとって、芸術の規範であるドイツ音楽とは異質なイタリアオペラを観て、いつも感動させられながらも多少の戸惑いを感じている。

この作品もイタリア統一を民衆に訴えているとされる。それはボッカネグラがジェノバとヴェニスとの和睦を訴える場面や、貴族派と市民派の和解を進めようとする行為が、イタリアの統一に通じるからである。

ボッカネグラの歌唱は海賊、総督、アメーリアの父親、という複雑な役を演じ分けなければならないという解釈はあたらない。作曲者が書いた通りに歌えば良いからである。

二四、野沢温泉行

今年はついに一人で野沢温泉に行くことになった。子供たちも就職して一緒に行けなくなったからである。昨年家族でスキーに来た時は、何となく揃って来るのはそれが最後ではないかと感じていた。

夕方7時頃、すっかり暗くなった長野駅に着いた。ホテルのロビーやエレベーターホールを歩いていると、昨年のことを思い出して懐かしかった。その情景が、何時壊れるかも知れない、はかない幸せのように思えた。子供が巣立つまでが、市民としては最も良き時代であると言った人がいた。

ホテルの中華料理屋で、一人紹興酒をなめながら窓の外を眺めていた。3年前だったか、息子と二人で来た時は雪が降りしきる中、人々が足早に通り過ぎて行く街の光景をここから眺めていた。そして音楽の話をした。スキーの後は確かアンドラース・シフのシューベルトを聴きに、東京に出たのだった。

両親が他界してから少し鬱傾向になったようだ。3年前の東北大震災のような事態が起こり、粗暴で傲岸な中国人が近隣にいて、日本の将来を考えると暗い気持ちになる。原発は津波が来なくても震度6の揺れで配管が外れ、核燃料を冷却できなくなって爆発する。福島でその事実が露わになっても、何事もなかったかのように原発を再稼働する。西の方でもう一回原発を破裂させると、いよいよ日本は終わりである。西風で日本の全土が放射性物質で汚染されるからである。今度こそ諸外国から相手にされなくなるだろう。観光客も来なくなるし、日本の産物も売れなくなる。そもそも、ジャパンブランドを売り込むことと、原発再稼動という、全く相反することが、同じ人の口から出るのがおかしいのである。

しかし、せっかく長野に出て来たのだから、ともかく健康と時間と金がないとできないことなので、もっと感謝して享受しようと思った。

憂き我を寂しがらせよ閑古鳥

季節は全く異なるが、ふと芭蕉さんの句を思い出した。旅に出るのは物憂いものである。芭蕉さんは地方にいる俳諧仲間を訪ねるかたわら、俳句を詠むという目的があったにちがいない。快適な家を出て、わざわざ不自由を被りに旅に出るのである。まこと古人がいうように、人間とは御しがたいものである。

「古越龍山（紹興酒）」がやけに美味だったが、明日は早立ちなので控えめにした。向かいのビルの温度計は4℃を示していた。この時期にしては高温だった。食事が済むと例年のように、道路を渡って平安堂に足を運んだ。CD売り場は恐ろしく縮小して、探し物が見つかるはずもない。書籍はなかなか豊富に揃えてある。『冬ごもり』という時代小説集と、『㈱貧困大国アメリカ』（第三版）という本の2冊を買い込んで部屋に帰った。

夜に何度か目覚めたが、浅い眠りを6時20分にアラームで起こされた。6時58分のディーゼルカーに乗るために、急いで身支度して外に出た。コンビニでおにぎりとお茶を買って、新聞も買う余裕があった。デジカメで長野駅とローカル線を撮ったりして時間を潰した。

今日は晴れだが気温が高く、スキーに適した天気ではない。千曲川の流れを眺めながら、時間が水の流れと同じように、ゆっくり過ぎ行くのを感じた。千曲川の流れが曲がる所はよい眺めなので、下手な写真を何枚も撮った。飯山辺りもあまり雪は深くなかった。この辺りからスキー場がよく見える。浅い積雪の平原の遠方にシュナイダーコースが最も目についた。駅に着くとタクシーで温泉宿まで送ってもらった。

宿に着くと、すぐに部屋に通してもらえたのは有り難かった。

支度して地階に降りて、荷物を開いてスキーを取り出した。今年新調したスキーブーツを履いて坂道を登って行った。温泉街と妙高、火打山などの長野県の山が見えてきた（写真35）。初日曜日なので上は混んでいるであろうから、チャレンジ、ユートピアコースで練習した。初日はあまり調子が出ないので、シュナイダーは敬遠した。

昼食は中腹のレストハウスで摂った。案外空いていたのでよかった。生ビールとピザを食べながら、斜面を滑っている人たちを眺めていた。家族と来た時や、10年以上前にS氏と来たことなどを思い出した。彼は離婚後のごたごたの中にいたのではなかったか。ゲレンデを見ていると、スキー人口が減少したのがよくわかる。

4時過ぎに早めに切り上げて宿に帰った。麻釜の湯気と背景の温泉街や遠景の山が見えて、何時見ても良い眺めである。温泉に浸かって明るい空と木々をのんびり眺めていた。あと何回この眺めを見るだろう。

夕食は相部屋のため、しばらく酒を飲んでいると、軽薄そうな女の二人組が案内されて来た。私も興ざめだが、先方も見知らぬオヤジが横で酒を飲んでいると、話しにくくて嫌だっただろう。部屋に帰って時代小説を読んでいるとすぐ

写真35

に寝入ってしまった。

目覚めて時計を見ると12時を過ぎていた。夕食時に飲みすぎたわけでもないのに、なぜか気分が悪かった。多分食べてすぐに寝入ってしまったからだろう。部屋の暖房が効きすぎていたこともあるだろう。

野沢には若い時に女房と二人で来たのが最初だった。あの頃、スキーは下手だったが、今よりは気楽で楽しかった。仕事の不安もあったが、あの頃はもっと平和だったような気がする。

しばらく寝転んで西洋の近代に懐疑的な本を読んでいた。人類は決して進歩していくものではないと私も最近つくづく思う。ヘーゲルの「世界史とは自由の意識が前進して行く過程である」という主張は、ある時代から通用しなくなったのではないか。ヘーゲルの死後に産業革命が起こった。資本主義は個人のGDPを飛躍的に増大させただけでなく、人間の存在まで変えてしまったように見える。資本主義が発達して、農村が荒廃し都市に人口が流れ込んだ。農村の地場産業は工場の大量生産によってつぶされた。当然の結果として、ヨーロッパの社会では貧富の差が生じた。都市に流れ込んだ人口は、お互いの結びつきが希薄な大衆と化した。彼らを磁石のごとく引き寄せた者が全体主義を起こした。さらに現代では、ポピュリズムの温床となる。つまり、自由が損なわれる方に時代が流れていくのである。

欧州は植民地争奪の為に戦争に明け暮れたが、結局、植民地政策はインフラの整備や原住民の弾圧に費用がかかり、国家の得にはならないと解って帝国主義は退潮した。その後交通通信手段の発達によりグローバリゼーションが進んで、ますますユダヤ人の商法が世界を席巻した。貧富の差は増大する一方である。金融が経済を牛耳るようになってモラルハザードが進んだ。特にソ連が崩壊して共産主義革命が起きる心配がなくなったので、資本家は何をしても良いと思い違えた。その結果、かつてマルクスが攻撃した、英国の悪しき資本主義が帰ってきたのである。一方で大衆の物質的欲望にも限度があり、資本主義の終焉を予告する人もある。先進国では生活を享受するための金品以外に、特に欲しいものがなくなってきたからである。常に新しいイノベーションを起こさないと資本主義を維持することができなくなった。共産主義は誤りであったと解っても、資本主義の矛盾は依然存在していて、マルクスの呪いが現実のものになったように私には思える。アメリカのように1％の人が、GDPの40％を占めるようになっても、多分革命は起きないだろう。金によって議会が支配されているので、資本家はいかような法律をも通す事が出来るからである。しかもアメリカの警察が所有する銃火器は軍隊並みである。ただ労働者が、今の政権が1％の為に政治していると気付いた時、何らかの政治に干渉する手段を見つけるのかどうか。あるいは選挙で社会主義的な政策を掲げる候補者が出てきても不思議ではない。

自由、平等、人権など、欧米の価値基準は中国、ロシアやイスラム教国には浸透しない。東南アジアや中南米も怪しいものである。アメリカ人が一時期考えた中東の民主化などまったく「絵に描いた餅」であった。現代の中国は欧米の基準には従わずに、自分達の価値観を押し通そうとする。「国際法」は国と国との合理的な付き合い方を長年かけて作り上げたものだが、思い上がった無作法で野蛮な民族は従おうとはしない。中国一国で人口が13億人もいるのだから、欧米の規範に従わないのは、ある意味では仕方ないのかも知れない。

確かに、中国人の数は欧米人よりも多い。その欧米でも、寛容でない社会になりつつある。もちろん移民の問題が、ヨーロッパの社会を歪めてしまったのである。人類が精神的に進歩していくというのは、かなり楽観的な見方に過ぎなかったのではないか。世界は自由を獲得しそこねて混沌とした時代に入ってきているように見える。

翌日、ゴンドラでたまたま一緒になった60代の男が、ここ数年間一人でスキーに来ていると言う。今回は白馬から梯子して野沢に来ていると。彼が言うには、一人の方が自分のペースで滑れてよいと。また、私がまだ仕事していることに対して、体が動けるうちに動いておかないと損だって、よく耳にすることを聞かされた。

午後、頂上のレストハウスで休んだ。昨年家族と来た時を思い出して、悲しいほど懐かしく感じた。老いると以前に楽しんだことが二度と帰ってはこない。『大地の歌』もそういうことではないのか。

Sonne der Liebe

willst du nie mehr scheinen,
Um meine bittern Tränen
mild aufzutrocknen?
（過ぎ去った愛の輝きよ、もう二度と私には微笑みかけないのか。私の苦い涙を和らげ乾かすために）

19世紀末に行き詰まったヨーロッパ人は東洋に関心を寄せた。中国の詩がドイツ語に訳され、それをマーラーがテキストに使用して、『大地の歌』が作曲された。現代人が見ても非常に魅力的である。

＊

明日は半日スキーをするか、スキーは止めて善光寺を詣って帰るか決めかねていた。それが今日の午後、スキーが上達したものだから、明日も半日滑って帰ることにした。新調したブーツの性能が良かったし、こぶがない斜面でじっくり基本を練習したのがよかった。昨日から素直な斜面と急斜面を交互に、正しくスキーに乗れているか、チェックしながら練習したのがよかった。
今日も締めは日影ゲレンデを2本滑って終わった。信濃川と北信の山並みの後ろに沈みかけた夕陽がぼんやりかすんで見えた。

今夜は空いているので部屋に食事を運んでくれた。一人で酒肴を味わうことが出来たのは有り難かった。

夜、買い物に街に出かけた。家族とスタッフに野沢菜を送った。別に家用に桃とリンゴのジュース、「水尾」の濁り酒を送った。

買い物から帰って、もう一度湯に浸かって一日の終わりにした。本を読みながら、何時の間にか寝入ってしまった。

＊

昨夜から大雪になったが、午前中はよく滑った。12時頃レストハウスで昼食を摂った。15時10分に戸狩駅なので、ゆっくり出かけて日影まで下ると、もう一回ゴンドラで登って滑った。宿でスキーや荷物を片付けて50分ほど時間があったので、温泉に浸かることができたのは有り難かった。誰もいない露天風呂で樹木と、次々雪が舞い降りてくる空をしばらく眺めていた。

タクシーで山を下って行くと、来た時よりは雪が増えていた。若い頃は帰るとき名残惜しく、寂しい気分になったものだが、今は早く京都に帰りたい気もする。その気持ちはほぼ五分五分ではないか。また同じように、ディーゼルカーで長野に戻った。ここで50分ほど時間があったので、車中で食べる食料を買いに出た。旅の終わりにコンビニのおにぎりでは寂しいので、デパートの地下で食料を探した。白身魚の照り焼きと、エビと野菜の天ぷらを買った。それと地酒「水尾」の300mlを買い込んだ。

駅からわずかの間なのに、冷たい北風が身にしみた。

二五、志賀高原行

午後から長野にスキーに出かけた。年を食うと出不精になり、出かけてしまうまで物憂い気持ちに沈んでいた。山の宿なので良い酒はない。料理も洗練されていない。ウオッシュレットがない。初日のホテルの狭いユニットバスも嫌だった。家なら何不自由なく暮らせるのに、わざわざ不便を被りに出かけるのである。

名古屋駅を出てすぐに、高速バスがビルの3階から滑り台のような道を発車するのが見えた。数年前に南アルプスに出かけた時に利用したことがある。その時、名古屋市内でバスが変な車の運転手に喧嘩を売られたり、高速道路でトラックと接触しそうになったり、私の感性に合わないので、以後は飯田線の電車を使うことにした。

今日は天気が良いが、明日から下り坂で明後日が雨。標高の高いところでは湿雪である。山の温泉宿で退屈しないように本を持参した。

車中で『ニーチェの手紙』を読んでいた。肝心のR・ワーグナーへの手紙に至るまでに、眼が疲れて読むのを止めてしまった。ルー・ザロメは不思議な女だが、『ニーチェの手紙』を読むと痛々しく感じる。所詮女が情熱を感じなかったら、いくら手紙を出しても無駄である。彼女はニーチェ、レー、アンドレアス、リルケ、フロイトなどと遍歴を経て、偉大な人物から哲学、心理学を吸収して自分の著作に活かした。ウィーンでホフマンスタールなどとも接触したようだ。当時としては珍しい型の女性であった。女と感性が合えば良き恋人同士になれるのではないかと錯覚することが、男にとってしばしば不運な結果になる。しかし女も顔やスタイルと言った性的魅力が、まず男たちを魅了していることを知らないか、あるいは知らない振りをしているように思える。女は自由に振る舞いたいと思っても、男はそうはいかないのである。でも、アンドレアスはそれを許した。妻が、例えば若いリルケと恋に落ちても黙認した。ルー・ザロメの後半生は精神分析者として、神経症の患者を治療した（リンデ・ザルバー『ルー・アンドレーアス＝ザロメ』向井みなえ訳、アルク出版企画、２０１５年）。

日暮れに木曽福島を通りかかった。昨年五月に御嶽山に登った時に奈良井宿に立ち寄ったことを思い出した。御嶽山は噴火したので数年間は近寄れなくなった。その時に「木曽路」という良い酒に出会ったのであった。関西にはあまり出ていない酒である。その後、酒屋には電話一本で酒を送ってもらえる間柄になった。

すっかり日が暮れてしまった。列車は姥捨駅を過ぎて善光寺平の夜景が車窓に広がった。列車はカーブした線路を向きを変えながら、見えている夜景に向かって降りて行くのである。千曲川とそこに架かる長い橋も見えた。さらに善光寺平が縦に見える時が、夜景としては一番にぎやかだ。といっても大都会の夜景と比べると随分控えめな夜景である。

曲がりくねった線路を下りきると篠ノ井である。

長野で定宿にしているホテルの和食屋で富山の料理を食べた。ホタルイカの煮物と干物が出た。若竹煮、ブリ大根、いしる鍋というのは、鯛、貝柱のしんじょうが入った椀ものであった。出汁は魚の内臓を発酵させた魚醤を用いる。締めは氷見うどんであった。酒は「木曽路」の三割麹を選んだ。麹を多くした試みである。もう一つ砺波市の「若鶴（雄山錦）」のグラスを一個追加した。

食後、長野電鉄の乗り場を確認しに出かけた。工事中の駅前は歩きにくく不便であった。コンビニで水を買い込んで、また平安堂まで散歩した。電光掲示板は1℃と示されていた。

翌朝6時に覚醒、外は明るく向かいのビルの温度計は氷点下1℃と出ている。6時44分の長電で、地上に出ると信州五岳など信濃の山々が見えてきた。火打山や金山岳などの頸城の山はさすがに山肌が白い。遠くに北アルプスの峰々も見えてきた。信濃川の鉄橋から見える山々は実に美しい。

発哺温泉のバス停から宿に電話して迎えに来てもらった。雪の回廊のような道で曲がりくねっており、結構急な下りである。上れない車を引き上げる作業車とすれ違った時は、衝突しそうになって肝を冷やした。車は雪の壁にザザーと接触した。

西発哺温泉というのは、ゲレンデのすぐ近くにあり、1分もかからずに、スキー場に滑り込める。

リフト終点から北アルプス、頸城の山々が美しかった（写真36）。槍穂高も見えた。さらに左手に乗鞍、御嶽も遠望できた。オコジョの森を横切って市ノ瀬に出た。この辺は実に懐かしく感じた。家族と一緒に何度も横切ったゲレンデであった。悲しいほど懐かしい情景であった。過ぎ去った日の情景は、なぜ美しく見えるのか不思議である。

＊

Die müden Menschen gehen Heimwärts,
Um im Schlaf vergessenes Glück
Und Jugend neu zu lernen
（生に倦み疲れた人々は家路につき、失わ

写真36

れた青春と幸福を、夢の中にもう一度よみがえらせようとする）

＊

若い頃からこの厭世的な歌が好きだった。ドイツの詩人ハンス・ベートゲが漢詩をドイツ語に、それも実に西洋的に意訳した詩集『中国の笛』から、グスタフ・マーラーが選んで『大地の歌』を作曲した。厭世的な内容は、この時代のマーラーの好みであった。これはマーラーのみではなく、20世紀前半のヨーロッパに漂う風潮でもあった。

昼飯は奥志賀のレストハウスで、メンチカツ、ソーセージパンと生ビールというメニューで、雪の林を見ながら良いひと時だった。

午後、疲れが出てきてスキーもうまくいかなくなった。天気も怪しくなってきた。北アルプスは重たい雲に覆われている。それでも時折薄日が差したりして、夕方までは持ちそうだ。市ノ瀬のゲレンデで夕方まで滑った。

温泉は掛け流しで沸き口に白い結晶が溜まっていて硫黄の匂いがした。雪の木々を眺めながらの入浴である。

夕食は山の宿にしてはまあまあの食事だった。信州ぶたの鍋、鶏と野菜の洋風ホイル包み、揚げたてのコロッケなど、生ビールによく合う料理だった。

部屋で布団に寝転がって『永日小品』を読んだ。「モナリザ」というのが最も面白かった。古道具屋で掘り出し物を探すのが趣味の井深という男が、モナリザの複製か写真が額に入ったのを買って持ち帰る。「黄色い女が額の中で薄笑いをしている」のを、井深という男は何度も眺める。そしてその口元をじっと見ている。井深の細君は、気味の悪い顔で見ていて変な気になるから、壁にかけない方が良いと言った。

翌日井深が帰宅すると、額が落下してガラスが粉々に割れていた。細君の予感が当たったのであった。絵の裏に西洋紙がはさんであった。

「モナリザの唇には女性の謎がある。原始以来この謎を描き得たものはダヴィンチだけである。この謎を解き得た者は一人もいない。」

井深は翌日、会社でモナリザの事を訊いてみたが、知っている者はいなかった。結局、彼はこの絵をくず屋に二束三文で売ってしまうのである。当時はモナリザもダヴィンチも何のことか解らない人がほとんどであった。

翌日は朝から湿った雪である。9時頃にはゲレンデに出た。昨日よりは良くなったものの、スキーの調子が出ない。午後に足関節もスキーのコントロールに使うことに気付いて、ターンが良くなった。余計な力が抜けて滑りが安定した。

焼額山のオリンピックコースが練習に最も良かった。ただ宿から遠いので、あまり時間がないのが残念だった。また来ればここを中心に練習するだろう。夕方が近付いて西館山に戻った。スキーの機動力は大したものである。相変わらず小雪が舞っている。

昨日と同様に明るいうちに宿の温泉に浸かった。

朝目覚めると窓の外は相変わらず雪に閉じ込められたような眺めである。木々は枝に積もった雪の重みに耐えているようである。外目には雪の花を咲かせたようで美しい。昼まで滑ってから下山するか、朝から下山するか悩む所であったが、朝から暴風雪である。これではスキーどころではなく、おまけにリフトもゴンドラも止まっているであろう。スキーは止めて下山することにした。ところがそれも簡単ではなかった。除雪してもすぐに雪が積もるので、宿の車が進めないでいる。除雪車の作業の後からついて行くのである。バスの時間に間に合うか心配であったが、そのバスも遅れているから間に合うのであった。

バスの待合所に入ると、数人の中国人がいてタバコをふかしていた。悪天候のため外に出るわけにもいかず、随分閉口した。日本語を話せる男が私に色々尋ねてきた。彼らは長野に出て軽井沢に買い物に行くのだと言って、嬉しそうに口の周りに笑い皺を作った。多分アウトレットの店に行くのだろう。私とは同じバスなので案内してやった。そのうちの一人が外にあったプラスチック製の雪かき用のスコップで、待合所の前の雪をかき出して、それを仲間が写真に撮って楽しんでいた。彼らは余程雪が珍しいのか、すっかり童心に返っているようであった。

そんなわけで暴風雪から逃げるように下山した。

下界は寒いが日差しはよく照りつけるので美しい景色が見られた。

昼前に長野市内に出たので善光寺参りをした。雪の屋根と鮮やかな茶色の柱が美しかった。

門前町でそばを食べて帰った。

新幹線が北陸まで延伸してから、駅ビルで八幡屋磯五郎の七味を買えるようになったのは便利である。野沢菜も買って家に送った。

二六、奥穂から西穂へ

秋のお彼岸の連休に奥穂から西穂の縦走を試みた。穂高連峰の最難関ルートで、1%か、0・1%くらい落命する可能性がないでもない。息子がどうしても行きたいと言うので、晴天を狙って覚悟を決めて出かけた。

男なら渡ってみろや、奥から西へ

たしかこんな民謡が安曇野にあったと思う。ザイルなしで行ける限界の難路である。どのくらいの体力が要るのか皆目判らない。ネットで調べても、登山者の中には16時間のコースを、一日で歩く化け物のような人もいるので、あまり参考にならない。

松本のホテルに着いた私は石井スポーツまで行ってヘルメットを探した。京都では私の頭に合うものが無かった。側頭部が当たって入らない。ここでは幸い一つ合うのがあった。ただしオレンジ色でホテルに帰って鏡で見て、ずいぶん変な感じだと思った。

夕方7時に松本駅前で息子と落ち合った。彼のホテルまでつき合って、夕食に出た。松本は飲み屋がほとんどで、土曜の夜はどこも満員で閉め出された。夜の町を、店を物色しながら歩いていると、学生時代を思い出した。しかし8時前になると、明日早立ちなのでさすがに焦ってきた。やっとイタリアンの店に入れた。ただテーブルが小さく窮屈だった。生ビールとグラスワインを注文した。料理は揚げ物ばかりでサラダを追加したがシーザーサラダでしつこかった。生野菜だけ頼むことは出来ないだろうか。最後のパスタは旨かった。白ワインによく合う。

就眠は11時くらいになった。

一日目

6時半の松本電鉄で息子と落ち合う予定であったが、電車の中で待っていても彼は現れない。メールしても返事が無く、多分向かっているのだろうと思ったが、彼が遅れたら降りて一緒にタクシーで行くかなどと考えていると、発車直前に現れた。二度寝してしまったと言う。

新島々でバスに乗り換え。私だけ上高地までの通し券を買わなかったのでバスに遅れそうになったが、なんとか二台目の空いているバスに乗れた。上高地到着は8時半、明日の帰りのタクシーを予約して出発は8時40分になった。

人混みの河童橋を渡って岳沢に向かった。運動不足が気になった。ヒュッテまで、傾斜はそれほどきつくないのに脚が重い。

11時頃ヒュッテに着いて一休みした。彼はカレーを食べていた。私は缶ビールでスナックをつまんだ。

40分ほどヒュッテにいたか、ともかく再出発した。昼前になると体が重くなる。早朝に出発するのとは大違いである。

重太郎新道を登りながら、明日歩くはずの西穂への稜線を見て、身が引き締まる思いがした（写真37）。ナナカマドの実が美しい。

紀美子平には2時半頃着いた。今回は前穂を回避して先を急いだ。吊り尾根で雷鳥に出会った。2羽いたが、母鳥と成長した幼鳥だろう。半ば冬毛になって胸が白かった。崖で行き先を失った彼らは右往左往して、カメラに収めるに十分時間があった（写真38）。

奥穂の頂上には5時頃着いたが、ガスが多いために暗かった。ジャンダルムが見え隠れする。山荘に着くと予想はしていたが、大変な混雑でごった返している。もう夕食が始まっていて、私たちは最後の5番目のグループだった。小屋のスタッフに何時に上高地を出たか訊かれた。休憩を入れて9時間近くかかったのだが、彼には西穂にはコースタイム通り行くのは不可能だろうという言い方をされた。ここでちょっと考え込んだが、初志を貫徹することにした。

最初は布団1枚に二人で寝なければならないように言われたが、消灯時に空いている布団に潜り込んで楽に寝ることができた。

写真37

写真38

二日目

天気は上々で連休中最良であった。奥穂山頂ではゆっくりできずにジャンダルムに向かった。北穂高岳と奥穂小屋が朝焼けで赤く染まるのが見えた（写真39）。馬の背は思ったほどではなかった。ロバの耳からジャンダルムは、遠くから見ていると危険そうだが、実際に登ってみるとそうでもない。三点支持を守れば問題なく登れた（写真40）。ジャンダルムはややごった返していた。ここから眺める奥穂と吊り尾根はすばらしい。槍の穂先の左手には立山連峰と水晶、薬師岳など黒部源流の山々が広がる。右手には白馬、五竜、鹿島槍などが見える。南方は、これから行く険しい尾根とは対照的に、左手に焼岳と上高地、背景の乗鞍岳がのどかなメルヒェンのような眺めである（写真41）。一番遠方の

写真39

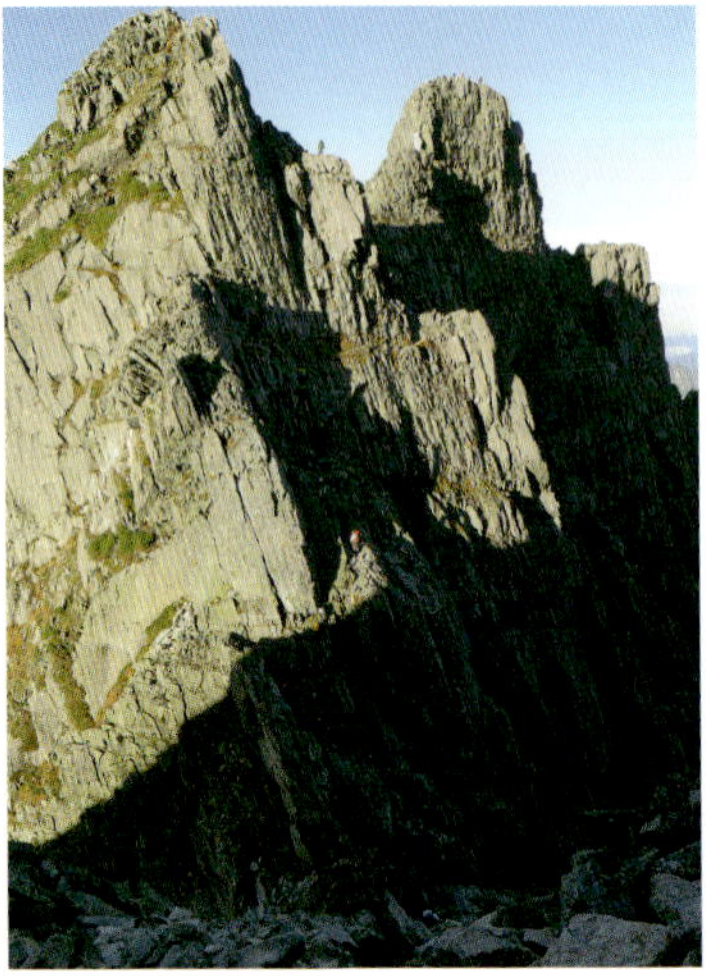

写真40

写真41

御嶽山の噴煙は上がっていなかった。

ここから天狗のコルまで300mほど一気に下る。慎重に行けばさほど危険ではない。急な岩場を後ろ向きに下る人がいるが、我々は余程急になるまでは前向きに下る流義である。後ろ向きだと着地地点が見えないので危険であるし、全面的に鎖に頼ることになる。

天狗のコルでしばし休んだ。コースタイムよりずいぶん速かった。ここからが核心部である。天狗の頭、間ノ岳、P1の登りが一番険しい。特に西穂から来ると、難所がすべて下りになるので、しばしば事故が起きている。

天狗の頭には天狗岳と書いた木の標識があった。ジャンダルムとこぶの頭が巨大な岩峰を形成し、奥穂よりも高く見える。先刻の大下りもよく見える（写真42）。

間ノ岳と西穂が指呼の間に見えるが、3時間ほど要するのだ（写真43）。ここから有名な逆層スラブに向かう。渋滞を心配したが、ほとんど待ちはなかった。逆層スラブは傾斜が45度くらいか、雨でなければ、鎖がなくても靴底の摩擦で降りられそうである。難なく下りきった。

間ノ岳の登りは少し緊張した。左手で岩の引っかかりをつかみ、右手は鎖を引っ張って登る感じである。トラバースも何度かあった。剣岳のカニの横這いの鎖を外したような箇所があった。ただ、岩に手がかりがあるので難なく通過できた。

間ノ岳から振り返るとジャンダルムとこぶの頭がまるで穂高の盟主のように聳え、その手前に天狗の頭と逆層スラブが見える。左手に奥穂から槍ヶ岳、右手に吊り尾根から前穂に続くま

写真42

写真43

さに岩の殿堂である（写真44）。この眺めを飽きず眺めていたいがまだ先が長い。西穂山荘に泊まるならゆっくり出来たのに、今日一気に京都まで帰るつもりなのである。

西穂の手前のP1の登りが一番きつかった。ここを下るのはかなり危険である。岳沢ヒュッテのブログに出ていた話だが、西穂から登って来た夫婦の一人が転落死した箇所である。P1から北方の眺めは圧巻であった。岩の大殿堂が一望のもとである。

西穂の頂上は混んでいるので、P1で最後の眺望を楽しんだ。軽装の女子が一人登って来た。挨拶したついでに、ここからは行かない方が良いよ、と言ってやった。

これで難所はすべてクリア出来たはずであった。西穂へ向かった。ほぼコースタイム通りである。奥穂から西穂へは、一日で上高地から岳沢経由で奥穂を越えられたら体力的には十分である。

西穂からはピラミッドピークから独標まで数個のピークが見えた。西穂山荘の赤い屋根やロープウェイの建物も見えた（写真45）。まだ4時間を要する。新穂高温泉にタクシーを4時半に呼んであるので、ちょうど良い加減である。ゆっくりも出来ない。西穂から先は混雑の中を急いで下った。振り返るとこぶの頭と吊り尾根が見えた。かなり高度を下げたのが解った。

西穂山荘では生ビールが美味だった。3時頃まで休んで先を急いだ。

新穂高温泉に下ると、アルピコタクシーが見えたので近寄って行くと、予約したタクシーが迎えに来ていたのだった。

写真44

写真45

二七、南アルプスの夏山（三伏峠―聖平）

50歳半ばを超えると日常の物事に感動しなくなる。特に、今まで価値があると信じてきたことに魅力を感じなくなり、家から出るのがおっくうになる。

今年の夏山も息子に引っ張られて出て来た。この年になると健康にも自信がなくなるし、膝なども不安材料になる。無事に走破して帰宅できるだろうかと不安になる。

伊那路の飯田に夜9時前に到着した。夕食の駅弁を心配したが、豊橋駅のデパートで美味な夕食を買い込むことができて、一つ問題が解決した。夕食を食べながら眺めていた山間の田園風景もやがて日暮れで見えなくなった。乗客は車両に数人いるだけである。やがてこの便も廃止されるのではないか。ビジネスホテルは亀背の老人が支配人で、これも何時無くなるか解らないような建物であった。

一日目

5時頃、誰もいないホテルのフロントに鍵を置いて、新聞の天気図を見た。ここ2〜3日と変わらず太平洋高気圧は東に移動している。湿った南風が本州のどの辺りを通るか、運に任せるしかない。

早朝の街を歩いて駅まで。湿気が多いが薄日が差しそうな気配で、霧は多くても午前中は雨は降らないであろう。さわやかな夏の朝のはずだが、気持ちは冴えない。電車の中で息子と阿月の三笠を2個食べた。

伊那大島から予約しておいたタクシーで登山口の鳥倉まで7時半に着いた。三伏峠まではさほどしんどくはなかった。訓練に愛宕山に出かけた甲斐があった。

三伏峠から小河内岳までは昨年同様、霧で何も見えない。しかしダケカンバの林や、時折は這い松の稜線越しに荒川岳方面が薄らと現れるのは美しい。黄色いシナノキンバイやナナカマドの花が慰めてくれるようだ。

小河内避難小屋は新築して清潔である。小屋の主の夫婦はともに親切である。夕方霧が晴れた時に小河内岳に登ってみると、荒川岳が見えた。悪沢岳がひときわ大きく、避難小屋と共に写真に入れた構図はなかなか良かった（写真46）。

夕食までの間、退屈にまかせてデジタルカメラを見返していた。

昨日椹島から赤石岳を越えて1日で荒川岳避難小屋まで来たと言う単独行の女性がいた。今日はここまで来て千枚岳を往復したと言う。後は塩見小屋に泊まって蝙蝠岳から二軒小屋に下ると言う。夕食の時に話を聞くと京都の妙心寺の近辺に住んでいると言う。どれほど鍛えているのか興味があったので訊ねると、仕事があるので普段は愛宕山に登るくらいだと言う。独身か家庭持ちか訊くほどでもないのでそれまでになった。もう一組、化け物のような二人連れが居合わせた。夫婦かどうか不明だが、ここから悪沢岳を往復したと言う。およそ15時間の行程である。女はまだ若く、父親に連れられて登山しているうちに病み付きになったそうだ。

二日目

朝から霧である。天気が良くなるという兆しはない。我々はここで計画を放棄して温泉に1泊して京都に帰ろうかという話まで出た。小屋の主人はしばらく同じ天気だろうと言う。こんな天気もいいものですよと、山屋らしく微笑んで言った。それによって我々の心も決まった。

写真46

小河内岳に登り返してみた。なんとか雨には降られずにすみそうだ。塩見岳がガスの合間に望めた。前河内岳はなかなか良い姿をしている（写真47）。

時折ガスのかかった悪沢岳と荒川岳が見えた。これから進む尾根伝いの行程が見える。森林帯に下って行くのがよくわかる。

森林帯に突入して見晴らしの利かない道を歩いているうちに、ニッコウキスゲの群落に入った。時折日が差すような微妙な天気で、むしろ写真にはよかった。ニッコウキスゲとダケカンバの幹、漂う霧に日が差してきれいな眺めであった（写真48）。

高山裏避難小屋で休憩。名物オヤジは相変わらずで、言葉は荒いが中岳避難小屋に我々のことを無線で連絡してくれた。

荒川岳カールの底から荒川前岳まで約６００m

写真47

写真48

写真49

の登りである。午前中なので昨年ほどしんどいとは思わなかった。前岳から中岳の間のお花畑で雷鳥の親子に出会えた（写真49）。母鳥と雛3羽が高山植物の間から登山道を横切って歩き去った。

雷鳥は減少甚だしい。最近ニホンジカや猿が高山帯まで上がって来て、高山植物を食べてしまうらしい。それで雷鳥のえさが減ってしまうという。また、猿が雷鳥の雛を食べているところが目撃されている。気温が上がってきているのが原因かも知れない。対策としては高山植物を柵で囲うぐらいしかないようだ。ハンターも高齢化して減っているという。

中岳の管理人は面白い人で、小屋に入って行って「また来ました」と言うと顔を近付けて、「あ、思い出した」と言って、ひどく喜んでくれた。

レトルトしかないが夕食を出してくれた。管理人はおもしろい話もしてくれる。シーズン中はずっと山にこもっていることを、あまり苦にもしていないようだった。ホシガラスの飛び立つ瞬間の、取っておきの写真を見せてくれた。最近、悪沢岳の方に猿が増えたらしい。見つけたら石を投げて追い払って欲しいと言う。ただ、猿も真似して石を投げるらしいから要注意である。彼はシーズンオフには下界で仕事をしているそうだ。

三日目

朝から霧雨である。私はむしろ二軒小屋へ降りて京都に帰りたかった。

しかし息子の希望通り荒川小屋から赤石岳に向かった。荒川小屋で雨が上がるのを待った。10時ころ空が明るくなって小屋を出た。昨夕あぐらをかいていて左膝に異常を感じた。サポーターをしたのがかえってよくなかったのか、登りで痛みを感じたのでかばいながら登った。大聖寺平から小赤石岳まではあまり厳しいコースではない。百間洞から登る方がよほど厳しい。

残念ながら景色はガスでよく見えない。

やがて赤石岳の頂上に立てた。富士山は今回の山行でまだ一度も見ていない。

赤石岳をその荒々しい壁やカールを見ながら下って行った。霧のために聖岳は見えそうにない。

百間平は気持ちの良い山上の平原で、はい松や高山植物が美しく、のどかな庭園のような様相である。正面に晴れていれば赤石岳が見えるはずのところで、しばし時間を潰した。ここでのんびりしていれば、そのうち霧が晴れて赤石岳が見えるのではないかという淡い期待を抱いていたが、霧はついに晴れなかった。それでも、のんびりしたくつろいだ気分は久しぶりであった。はるばる山に来てよかったという気分になった。天気も良くなって、気持ちも明るくなった。

時間的にこれ以上はゆっくりできないので、腰を上げて下りに入った。向かいの大沢岳と中盛丸山を見ながら谷底に向けて下った（写真50）。小屋の建物らしい屋根が見える。「あそこが百間洞だ」。息子の声が聞こえた。

最後は沢沿いに下って行くと建物が近付いてきた。水の心配はなさそうである。

百間洞の小屋は美しい建物だった。受付をすませて二階に上がると結構混雑している。しかも部屋は長さが短く足が向かい側の人に当たる。しかがやがや盛り上がっているグループもいる。その点避難小屋は人が少なく、かえって居心地が

写真50

良かった。私は横たわってi-podでモーツァルトを聴いていた。最も好きな『40番交響曲』のアンダンテ、メヌエット。横合いから大騒ぎしている連中の声が聞こえてくる。私は山小屋の悪平等が嫌いである。静寂を必要とする人も、必要としない人も混ぜこぜに押し込める。こんな状況は街中でなら、革命でも起こった無秩序でないと、あり得ないことである。ヨーロッパアルプスは個室の山小屋というよりもホテルに近い設備がある。近代登山を真似事で始めた日本と、伝統あるヨーロッパとの違いであろうか。

夕食は揚げたてのトンカツを出してくれるのだが、8人ずつ入れ替えで、30分で食えと言う。これには弱った。私は犬食いができずに最低1時間は食事に要する。時間に構わずゆっくり食べた。

四日目

今日は天気が良さそうである。山小屋から朝日を浴びた聖岳が見えた。稜線までの登りを歩んでいると塩見岳が見えてきた。間ノ岳、農鳥岳、荒川岳も見えた。稜線には大沢岳と中盛丸山の鞍部に出る。ここに荷物を置いて空身で大沢岳に登ってみた。ここは南アルプスでも屈指の好展望台である（写真51）。三峰岳の展望に匹敵する。北方の眺めが特に気に入った。赤石、荒川、悪沢岳、その後ろに塩見岳、間ノ岳、農鳥岳、甲斐駒、仙丈と見ていて飽きない。

　ここからは赤石岳を眺めながら聖岳を目指す（写真52）。南アルプス南部のハイライトと言って良い。途中の中盛丸山、兎岳を越えていくのだが、結構アップダウンが多くてしんどい（写真53）。聖岳の登りに取り付くと、最後の登りになるので気持ちに少し余裕が出た。ただ、赤石岳にかかる雲がかなり増えてきた。最も深い谷からせり上がる赤石岳を撮りたかったが、雲を被っていたので叶わなかった。

　聖平まで長い下りである。赤石山脈の山のスケールの大きさをつくづく感じさせられた。途中で雨が落ちてきたと思うと、すぐに本降りになった。慌ててカッパを着てひたすら下った。聖平に着くと美しい湿原が雨に煙って良い眺めであった。山小屋は混雑していた。六人部屋に四人くらいの混雑であった。

写真51

写真52

写真53

五日目

最終日は椹島に降るだけである。雨は夜のうちに上がった。聖沢に沿って樹林帯を下った（写真54）。下るほどに気温が上がってくる。椹島には昼前に着いた。林間の美しい平原である。ここでゆっくり昼食にした。生ビールを飲みながら、ソーセージ、パン、そばなど山小屋では食べられなかったものを食べた。

写真54

二八、5月の鳥海山（平成21年）

20年ぶりに春の鳥海山を目指して、息子と二人で長駆、秋田まで新幹線で飛ばした。京都駅を9時頃に出て、東京で一休み。天気は良かったのに浜名湖の辺りで寝入ってしまい、富士山を見ることができなかった。デパートで昼食を買い込んで再び関東平野を駈けた。関東・東北の名山が信じられないほど短い間隔で車窓から眺めることができる。松尾芭蕉が半年かけて旅した行程の一回り外を、登山しながら3日で一周しようというのだ。日光の前衛の山、那須、安達太良、吾妻山、蔵王、ついに岩手山に達した。ここからはローカル線並みに秋田までゆっくり走る。放牧場からの岩手山、田沢湖辺りの美しい川、南方に残雪の山も見えた。

夕方5時頃に秋田に到着。ただ残念なことに快晴は今日までという。

駅ビルで食事を済ませてホテルの部屋でリュックに水と食料を詰めるなど、結構忙しい。スキーはカバーを外してストックでぶら下げるようにした。

20年前はU氏と秡川に張ったテントをベースに登ったが、今回はテントは避けてホテルから通うことにした。i-podでバッハを聴きながら快い眠りに落ちた。

一日目

早朝の起床を嫌って秋田を7時の電車で出発。羽後本荘まで約50分、さらに矢島線（由利高原鉄道）に乗り換えて車内で朝食のパンを食べた。車窓から鳥海山は見えるが頂上はガスがかかって見えない。矢島から予約したタクシーで祓川へ、結局歩き始めは10時前になってしまった。シールを貼って前進するが調子が上がらず、七ツ釜避難小屋に着く頃には12時を過ぎてしまった。ここから上は視界が利かない。頂上まであと2時間で行けるかどうか心もとなくなってきた。上から滑り降りて来る連中もだんだん減って、ついに登りは我々が最後になってしまったようだ。指導標の竹竿を見失ってホワイトアウトの中2時40分頃までがんばったが、高度計は七高山まであと100mほどある。多分タイムリミットの3時までの登頂は不可能と判断した。シールを外して潔く撤退に決めた。

しばらく休んで滑り始めた。シュプールがあるので迷うことはないだろうが、なにしろだだっ広い斜面である。とにかく標識の旗竿を探しながら滑って行った。それでも登路よりも南の方へ流れたらしく、広い斜面を左方に大きく横切りながら滑っていると、ようやく旗竿を見つけた。その後間もなく避難小屋に着いた。標高差500mほどを30分の滑りであった。ここまで来ると視界も良くなるのでひと安心である。雪の台地が何重にも折り重なって見える。祓川目指して再び滑り始めた。それでもなお終わり頃に道に迷った。北方にそれてしまって雪崩れそうなシュプールのない斜面に出てしまった。磁石を見て南方に灌木帯を横切って高台に出ると祓川ヒュッテが間近に見えた。結局ヒュッテまで1時間を要した。往きのタクシーが約束どおり待っていてくれた。秋田には暗くならないうちに着いた。どうも秋田を足場にするのはまずかったか、明日は天気が最悪のようで登山はあきらめて、最上川に遊ぶことに決めた。従って今夜は気が楽である。

秋田市内のホテルの寿司屋で夕食にした。板前さんの話では、この近海で獲れた魚は、一旦築地まで運ばれてしまうと言う。それから秋田に戻ってくると。そんな仕組みなのかと思った。首都圏は最大の市場として、魅力があるのだろう。

二日目

酒田まで普通列車では2時間もかかる。特急は1日3往復しかなく不便きわまりない。羽越線は利用客が減って当然であろう。客が減るとさらに便数を減らす悪循環になっている。

9時頃の特急でまず酒田に出た。陸羽西線が出るまでの2時間弱の間、最上川の河口に行ってみた。駅案内所で芭蕉の句碑が立つ日和山公園（写真55）を教えてもらった。

あつみ山や吹浦かけて夕すずみ

暑き日を海にいれたり最上川

温海山から吹浦までを望む丘で、蕉翁は地元の俳人たちと夕涼みをしてこの句を詠んだようだ。蕉翁は陰暦6月8日ころ羽黒を発って船で酒田に上陸した。梅雨は明けて暑い最中である。今、私たちが立つ丘から最上川の河口は人工の手が加わった醜い眺めしか見えない。反対の上流の方角には天気が良ければ月山が見えるらしい。

二つ目の句は暑い日の夕日が、最上川河口辺りの海に沈む情景かと、私は思っていたが、そうではないらしい。暑い一日を最上川の流れが海に入れてしまったよという趣意らしい。そういう擬人法に蕉翁の諧謔を感じる。

酒田駅に戻って陸羽西線のディーゼルカーで新庄方面に向かった。

写真55

最上川中流と白糸の滝を見るためにはタクシーを拾うしか手段がなかった。高屋という駅で下車し、清川までタクシーで国道を走った。清川と言うのは幕末の策士清河八郎の故郷らしい。

車を止められるところで寄り道して写真を撮った。たいていは川が曲がったところが眺めが良さそうなので、運転手にその旨を伝えて車を止められるところを探してもらった（写真56）。川下りする舟も見える（写真57）。天気は良くなって薄日が漏れている。川下りも面白そうだったが、秋田に戻らなければならないので、舟に乗る時間は無かった。私が学生の頃、真冬に草薙温泉に泊まったことがあった。ちょうど旅館の窓から雪の白糸の滝が見えたように記憶している。

今、新緑の中に白糸の滝を見ている。両側か

写真56

ら薄日に柔らかく照らされた青葉の間を水が落ちて行く。そして舟が流れて行く。

白糸の滝は青葉の隙々に落ちて、仙人堂、岸に臨て立つ。水みなぎつて舟あやふし。
五月雨をあつめて早し最上川

奥の細道に記された白糸の滝の光景は、今も全く変わっていない。滝の水は所々青葉で隠されて、対岸に落ちている（写真58）。仙人堂も見える。

レストハウスの二階で昼食にした。
食事が済むと、慌ただしく同じタクシーを呼んで清川駅まで送ってもらった。
私はのんびりしたローカル線の駅の眺めが好きである。写真にも収めた（写真59）。
酒田に向かう途中、酒田平野から鳥海山が望

写真57

写真58

写真59

めた。ややかすんでいるが、頂上は見えているようだ。羽越線に乗り換えて、秋田に戻る。

日陰ややかたぶく頃、汐風真砂を吹き上げ、雨朦朧として鳥海の山かくる。暗中に莫作して、「雨もまた奇なり」とせば、雨後の晴色また頼もしきと、海人の苫屋に膝を入れて雨の晴るるを待つ。

奥の細道では翌日、芭蕉の一行は、象潟で舟遊びをしている。

松嶋は笑うが如く、象潟はうらむがごとし。寂しさに悲しみをくわえて、地勢魂をなやますに似たり。

象潟や雨に西施がねぶの花
汐越や鶴はぎぬれて海涼し
（テキストは『おくのほそ道』岩波文庫を使用）

山は何となく頂上まで見えているような気配である。
この辺は松が植わった小高い丘が平原の中にいくつも見える。芭蕉の頃はこれらの丘が浮き島であったのだから、さぞかし美しい眺めであったことだろう。

秋田に戻ってホテルで明日の計画を立てていて、不備が生じた。象潟道から千蛇谷を詰めて新山に登る予定であったが、タクシーで吹浦駅から入るにもブルーラインのゲートが8時半にならないと開かないと言うのだ。そんな時間に入れば登頂は不可能に決まっている。それで再び祓川から登って千蛇谷を下ることに決めた。昨日の失敗から一台早い出発にした。

三日目

早朝、ホテルの窓から見ると秋田は快晴で建物の壁が赤く映えている。ホテルから不要なものを宅急便で飛ばし、コンビニで買い物して5時頃の電車に乗った。一昨日と同じコースをたどって祓川から登りはじめた。結局、一昨日より50分早いだけだが体はずいぶん楽で、七ツ釜避難小屋にはずいぶん早く着いた。

頂上がきれいに見えているが、ここからの登りはなかなか手強い（写真60）。息子はまだシール登高に慣れていないので、斜面が急になるとはかどらない。直登が無理なら、階段状に斜めに登るのが最も効率的だが、彼はそれを知らない。私の踏み跡をたどらせて、結局七高山に着いたのは2時30分だった。これで4時に大平山荘に予約しておいたタクシーは間に合わなくなった。新山はあきらめて下りに入った。しかし新山の鞍部に降り立つのにかなり苦労した。今年は雪が少ないため岩場が出ていて鎖場もある。スキーを担いで慎重に下った。雪が多いと苦もなく下りられるのだが。ここでまた時間を浪費した。

いよいよ千蛇谷の滑降である（写真61）。しかし無雪期に来ていないので七五三掛《しめかけ》の場所がわからない。足跡は何通りかあって、ずっと下までシュプールは見えているが、ともかく下りすぎると取り返しがつかないので、早めに急斜面をトラバースに入って外輪山に出た。登りきると広い雪面が待っていると期待していたが、幅広いはい松帯があって雪の壁をよじ登った足跡が見えた。同じような壁を2回よじ登ってやっと外輪山の斜面に出た。初めての景色なのでルートを見つけるのに時間がかかった。見慣

写真60

れないピークがいくつか見えて困ったが、御浜神社につながる笹が森らしい峰を目指した。鞍部に出てシュプールが合流してきたのを見ると、もっと楽しいルートがあったに違いない。

数十メートル登ってピークに立つと御浜神社が見えた。振り向くと鳥海山の最高峰新山が見えた（写真62）。このとき携帯が鳴ってタクシーの運転手と連絡が取れたのは幸運だった。御浜神社から一気に広大な雪面を庄内平野と日本海を見ながら滑走する。ここは不用意に、滑る愉しさに乗りすぎて、とんでもない失策であった。かなり下ると右手に恐ろしい断崖絶壁が見えた（写真63）。間違って鉾立てに出てしまったことにようやく気付いた。さらに下ると夏道に出てまもなく道路に出てしまった。ただ正確な場所がわからない。またまた困っていると秋田県の役所の作業車が通りかかって、我々

写真61

写真62

写真63

の合図に応えてくれた。場所を訊くと大平と鉾立の間の鉾立て寄りということだ。「泊まりですか」と訊くので大平山荘にタクシーを待たせている旨を伝えると、車で送ってくれた。

幸運が重なって不可能に見えたタクシーに間に合ったというわけだ。

しかし時間は5時であった。タクシーの運転手はゲートが閉まるので追い出されそうになったが、客を待っていると言ってがんばってくれたそうだ。

吹浦まで下ると田植えの終わった水田の後ろに鳥海山が大きい。あの山肌をスキーで降ったのだと思うと、感慨深いものがあった。

駅でスキーを宅急便で送り、身軽になって電車であつみ温泉まで行き、温泉宿に到達した。湯上がりに上等の地酒を飲みながら、新鮮な魚介類を堪能したのは言うまでもない。

二九、雲ノ平で山スキー（黒部五郎岳、雲ノ平、祖父岳、双六岳）

山スキーには月山、鳥海山、燧岳など東北地方の独立峰も楽しいが、スケールの大きさから言っても、雲ノ平と黒部川の源流は最も印象深かった。4月末に富山から高山線と神岡鉄道を使って奥飛騨温泉口まで行き、予約しておいたタクシーで登山口に着いた。最近できた飛越トンネルの入り口から斜面をよじ登って登山道に入る。はじめはスキーを担いで登り、積雪が続いた辺りでスキーに履き替えた。寺地山に続く広い尾根に入ると、シールで快適に登っていける。気圧の谷が過ぎ去った直後なので雪が降り出した（写真64）。寺地山に着いた頃は雪も止んで晴れ間がのぞくようになった。東に方角を替えて、草地と呼ばれる辺りに着くと夕方になった。ここで最初のテントを張った。美しい夕焼けが見られた（写真65）

西の方に夕日が沈んで北ノ俣岳の山服が赤く染まった（写真66）。夕食の準備をしていると、北ノ俣岳の頂上辺りから満月が出てきた。何とも神秘的な眺めであった。

＊

翌朝北ノ俣岳目指して登った。薬師岳も見えてきて気分は高揚しそうだが、結構きつい登り

写真64

写真65

でかなり時間がかかった。頂上到着は昼頃になった。雲ノ平や黒部源流の峰々、槍穂高連峰も見えて素晴らしい眺めだ（写真67）。剱立山連邦も見えた。ここから黒部五郎岳に向かってトラバース気味に滑っていくのだが、スキーの機動力は大したもので、黒部五郎岳がどんどん近付いてくる。この快適さは得がたいものがある。

中ノ俣乗越辺りからまたシール登高になる。黒部五郎岳までおよそ標高差三百メートルの登りだ。この登りはきつく休み休み登った。薬師岳と剱立山連峰が美しい（写真68）。

黒部五郎岳の肩まで着いた時は、頂上まで往復する気力がなかったので、カールに滑り込んで降りた。出だしは四十度くらいあり、少し緊張したが雪が緩んでいたので、難なくカールの底に降り立った。予定では五郎沢を降って黒部

写真66

写真67

写真68

川右岸の祖父平でキャンプするはずだったが、時間が遅くカールの底でテントを張った。

＊

三日目はカールの底（写真69）から五郎沢を滑走し、黒部川源流に出て祖父沢を詰めて雲ノ平に至る。祖父岳から岩苔乗越を経て、黒部川源流の雪原に滑り込んで安全な台地にテントを張る予定である。

五郎沢を下って祖父沢を詰めるのが今回の山行の鍵である。前年夏に黒部五郎岳から地形を目視して、スキーで登れることを確認した。もちろん2万5千分の一の地図で、滝がないことも確認済みである。

五郎沢はアイスバーンの上に、所々口が空いていて、流れに落ちないように注意した。相棒が一度転倒したので驚いた。スノーブリッヂを

写真69

踏み抜いて、下に流れる川に転落すると、まず助からない。谷筋では雪崩と並んで最も恐ろしい危険である。滑り切ると黒部川源流に出た（写真70）。この頃の黒部川は静かで神秘的でさえある。もちろん積雪期でないと入ることはできない。遡行するには、流れを越えて右岸に移らなければならない。左岸を上流の方に歩くと、広い雪原に出たので難なく右岸に移れた。祖父沢を見極めてシールをつけて登った。背後の黒部五郎岳が大きい。この沢は滝がなく、傾斜も緩やかなのでシールで雲ノ平まで登れた。雪一色の広大な平原である。黒部五郎岳をはじめ、水晶岳、薬師岳など周辺の山が美しい。はるか西方に米粒ほどの人の群が見えた。雪に埋もれた雲ノ平山荘の辺りであろう。この広大な自然の中に、彼らと我々の二グループしかいないのである。

写真70

さらに祖父岳に登ると素晴らしい景観が得られた。槍ヶ岳が北鎌尾根を率いて雄大である（写真71）。穂高連峰も続いている。振り返ると薬師岳、剱立山、水晶岳から赤牛岳も見えた。このまま温泉沢を滑っていくと高天原温泉に出るはずである。素晴らしい体験になりそうだが、今回は日程的に無理であった。

時間も遅くなったので、岩苔乗越は諦めて、祖父岳の肩の辺りから、黒部川源流に滑り込んだ（写真72）。そしてテント場の台地を目指した。快適な滑りであった。源流帯の中ほどに小高い台地があり、雪崩も届かず安全なテント場である（写真73）。

四日目は三俣蓮華小屋まで登り、その脇から弥助沢を滑り、もみ沢を登り返して双六小屋に至る。

今日も快晴で天気には恵まれた。登るにつれて眺めは良くなり黒部川源流の峰々が姿を現す。小屋は三俣蓮華岳と鷲羽岳の鞍部にある。ちょうど黒部川、信濃川、神通川の分水嶺になっている。ここから見る槍ヶ岳は実に見事である。北鎌尾根が険しく美しい（写真74）。大キレットから穂高連峰も手に取るように見える。これから滑降する弥助沢を見下ろすと、はるか下方に谷底が見える。

ここで気息を整えてスキーを走らせる。あっという間に谷底まで。流れに沿って木々の間の緩斜面を滑る。もみ沢の出合いで休憩。

写真71

写真72

写真73

もみ沢を詰めるのは結構難しい。枝沢に入り込みやすいからである。特に悪天候の時は見極めが難しい。登り切ると双六小屋の前に出る。正面に鷲羽岳、その後ろに水晶岳が見える。

今日は小屋泊まりで楽である。ただし、後年、ある事情から連休中の営業が中止になった。そのため冬季小屋を使うしかなくなった。小屋が営業されていると心強かったので残念である。

最終日は稜線を弓折岳まで歩き、頂上から槍ヶ岳を見ながらの滑降である。鏡平経由でワサビ沢までスキーを走らせた。下り一方の楽しい滑りである。上りは8時間かかるコースが、スキーだと写真を撮ったり、ゆっくり遊びながら滑っても1時間以内である。鏡平までは槍ヶ岳を眺めながら（写真75）、鏡平からは穂高岳や焼岳、乗鞍、御嶽を見ながらスキーを走らせた。

写真74

ワサビ沢から先は年によって積雪量が異なるが、新穂高温泉のすぐ上まで滑れた年もあった。

写真75

三〇、音楽余話

(一) ベートーヴェンの第九交響曲

日本人が年末の夜に、『第九交響曲』を好んで演奏する理由は忘れた。私が青年期の変革に入る直前だった中学校1年の冬、ラジオで『第九交響曲』を貪るように聴いて、友達と批評しあったのを覚えている。学校時代に『第九交響曲』に一度は熱狂した経験のある人は多いだろう。

ベートーヴェンは苦悩を克服して歓喜に到達したという、平板な解釈に疑問を抱き始めたのは、もう少し後になってからである。彼の晩年の一連のピアノソナタと弦楽四重奏曲は、それぞれ『第九交響曲』の前後に作曲された。『第九交響曲』の第四楽章は、歓喜頌歌をテキストに選んだというだけで、手法的には晩年のピアノソナタや、弦楽四重奏曲のいくつかの曲と本質的な差はない。ただベートーヴェンは、このシラーの理想主義的な歌詞を若い頃から好んだのは事実である。また彼の音楽のデモーニッシュな一面とは別に、日常生活は理想主義的、道徳的であったと言われている。特に異性に対しては、非常に真面目だったという。『ドン・

ジョバンニ』さえ非道徳的だと言って、モーツァルトを批判したのも事実らしい。まして『コシ・ファン・トゥッテ』は実に鼻持ちならないものだったに違いない。

ベートーヴェンにとって、苦悩との闘いは避け難いもので、一つの命題でさえあったようだ。闘争は彼の多くの楽曲にも見いだされ、ミサ・ソレムニスの中にまで「闘争」を持ち込んだとされている(例えば『アニュス・デイ』)。

ただ、ベートーヴェンの音楽は絶対音楽であるので、あまり言葉を音楽に当てはめるのは賢明ではない。例えば『第九』の第三楽章のことを、愛の世界を表していると言う人がいるが、私はむしろ深い祈りに似た情景や、宗教的な浄福を感じる。しかしベートーヴェンは、ただ美しい至高のアダージョを描きたかっただけなのかも知れない。

そもそもベートーヴェンは実生活において、何と闘って何に勝利したか、検証してみるのも無駄ではあるまい。

市民的に見る限り、ベートーヴェンは不幸の典型のような存在である。世俗的な幸福を得られなかった上に、音楽家にして聴覚を失くすという、大変な不運に見舞われた。彼の若い頃の最大の苦悩は、聴覚を失っていったことと失恋の痛手であろう。これらの負の要因に打ち負かされることなく、自己の芸術を熟成させ、人類に貴重な贈り物をしたということは、疑いなく彼の生涯の輝かしい勝利である。『第九交響曲』の初演では、耳の聞こえない彼はすでに指揮を他人に委ね、舞台の片隅で聞こえぬ音を心に思い描いていた。演奏は実に拙劣だったといわれるが、第四楽章が終わると聴衆は熱狂した。これも彼のはかない勝利であったに違いない。というのは聴衆の熱狂はほんの一時的な出来事で、当時のウィーン人はモーツァルト、ベートーヴェンよりもロッシーニを好んだからである。初演による収入も4000フローリン（現在の約2000万円に相当？）中、写譜代や会場費、ギャラなどを差し引いて420フローリン（現在の210万円程度か）しか彼の手元に残らなかった。

その後、『第九交響曲』はあまり演奏される機会がなかった。1846年にドレスデンでR・ワーグナーが、入念なリハーサルの末、見事な演奏をしてから、その価値が再認識された。

彼は30代の頃、ゲーテと出逢った時、民衆はもちろんのこと、王侯や貴族にも、世の中で何が真に偉大であるか、思い知らせてやれると思った。ところがゲーテは、王侯貴族に恭しく腰をかがめ、ベートーヴェンに付き合うことを拒んでしまった。ゲーテは彼なりに、社会との付き合いに、人知れず苦労していたのだ。「あなたは王侯貴族に恭しくしすぎます」。ベートーヴェンの無遠慮な一言によって、二人の交際はそれ以来途切れた。

その後貴族が没落して、富裕な市民階級がベートーヴェンのパトロンになったが、彼が望んだほどの収入ではなかった。彼は、有能で人類に貢献出来る人には、当然それなりの報酬があってしかるべきだと考えていた。何度かウィーンに見切りをつけて、ロンドンに去ろうとした彼をウィーンに引き留めるために、年金を出そうという人々もいた。結局彼の親しい数人の貴族が年金を出した。それも切れ目なく、というわけにはいかなかったようだ。晩年のピアノソナタを作曲中に、「パンのために仕事するというのは辛いことだ」と友人に洩らしている。それでも彼の先輩のハイドンやモーツァルトから見ると、ベートーヴェンは経済的には恵まれていた。音楽人口が増えて、楽譜の出版社が争って金を出したからである。それに彼にはモーツァルトのような浪費癖がなかった。

もう一つ、甥のカールの事件である。彼は出来の悪い甥の後見人となり、ひとかどの人間にしようとした。そのためカールの母親（デタラメな人であったとされている）と衝突し、後見人になるために裁判まで繰り返し起こした。この争いでは果たして彼に理があるか、カールの母親に理があるか。ベートーヴェンは愛情を注ぐ対象として、カールをそばに押し留めようとした。しかしカールはベートーヴェンの元を何度も脱走し、麻薬に手を出したり、自殺未遂まで起こした。自分が悪の道に走るのは、ベートーヴェンが原因だとまで言った。結局はベートーヴェンから離れて、軍隊に入って落ち着いた。この一件は明らかにベートーヴェンの失敗であった。多分この一件が彼の寿命を幾分なりと縮めたことは確かである。

晩年のベートーヴェンは、変わり種としてウィーン人の名物的存在だった。彼の散歩する姿が戯画に残っているくらいである。ウィーン体制後、官憲が強力専横になり、集会に干渉したり、ダンスパーティにまで横やりを入れたりした。シューベルトもこれには随分悩まされたという記録が残っている。しかしその官憲も、ベートーヴェンの奇行を咎めることはしなかったという。共和主義者のベートーヴェンが、当時の権力者を罵倒しても放置された。それも彼が現実社会から克ち取った勝利と言えなくもない。

【第九交響曲について】

『第九交響曲』のフィナーレの序奏は色々議論があるところである。もしも序奏が無くて、第三楽章の後に、いきなり歓喜の旋律が流れてきたら実に奇妙である。ベートーヴェンは三つの楽章の後に、歓喜の主題を導き出すのに苦労している。彼は作風からいうと、各主題が有機的なつながりを持たないのを嫌う。それで終楽章の冒頭にそれまでの三つの楽章の主題を回想し、低弦によるモチーフと対話させるような形になった。そうこうしているうちに、例の歓喜のモチーフが現れる。要するに歓喜の主題は素人でも歌えるほど単純だが、前の三つの楽章は玄人好みだから、そのままでは全く釣り合わない。それで前の三つの楽章と低弦が対話して、歓喜の主題の形が見えてくる。それを前の三楽章を否定して、歓喜を人類の救いに考えたという解釈は誤りである。

「おお、友よ、その調べにあらずして」のその調べとは冒頭の不協和音とその続きのパッセージのことである。バリトンの歌い出しの直前の不協和音はニ短調の主和音に減七の和音（b♭、c#、e、g）を被せている。つまりオクターブ12音のうち、7個の音が同時に鳴るのである。当時の人にとって、耳を塞ぎたくなるような不協和音だったに違いない。

第一楽章は彼の短調のソナタ楽章の集大成のようなものである。第一楽章が恐怖を表しているという人があるが、私はそんなに暗いとは思わない。むしろ人間を肯定していると思う。第二楽章はスケルツォの、第三楽章はアダージョの集大成である。それらを彼がなぜ否定する必要があるだろうか。ベートーヴェンがつぎはぎ細工の音楽で思想を表現するなど、あり得ない話である。

『第九交響曲』は、ドイツ理想主義、シラー、カント、革命、自由などと時代は被るが、ベートーヴェンの音楽は文学や思想を表したものではない。

ベートーヴェンの手紙を見ると、彼が当時のオーストリア人をどう見ていたかが解る。おそらく相抱き合って、神の前で口づけしたいとは思っていなかっただろう。原作者のシラーにしても、資料はないが、もしも周囲の人たちの無趣味に、吐き気を催していたとしたらどうだろう。それでいて、人類愛を高々と謳うのである。理想主義者で片付けてしまうのも可能だが、彼らはおそらく将来のあるべき人類のために創作したのではないだろうか。

彼のその後の一連の弦楽四重奏曲にも、相変わらず三つの楽章と同じ世界が何度も出現している。特に苦悩は克服されるべきものではなくて、終生道連れにするものであるという認識に、彼の晩年には変化を見せている。ベートーヴェンはシラーの詩が気に入ったから作曲したことには違いがない。ただ題名は〝歓喜を賛美する歌〟である点に、特に注意を払うべきだ。彼はシラーの詩に音楽の一つの典型ともいえる、ディオニュソス的祝祭の音楽を当てたのだった。従って、ベートーヴェンは歓喜に到達したと言うより、歓喜を賛美したと考える方が自然ではないだろうか。彼の晩年のピアノソナタには、瞑想的な深く自己に沈潜した音楽と、縹緲とした星の瞬きのような天国的な音楽がしばしば現れる。『第九交響曲』の終楽章もまた同様で、様式も彼の晩年の特徴である変奏曲形式であり、フーガの技法が多用されている。従って音楽的に『第九交響曲』を、他の彼の晩年の作品と特別に隔てる必要は無さそうである。それにもかかわらず、この終楽章が感動的なのは、肉声の魅力によるものであろうと思われる。歓喜賛歌には人間の解放と、限りない自由への希求が含まれている。それが当時の抑圧的な反動体制の中で、官憲に気付かれなかったのは幸いであった。

チャイコフスキーは音楽評論の中で、洞察力ある意見を述べている。彼には『第九交響曲』が以下のように聴こえたのである。

「ベートーヴェンは第九交響曲において、自らの巨大な創造を喜びへの賛歌によって締めくくる。この喜びには、あたかも自然とその創造者への熱狂的な賛歌を声を揃えて歌い上げるため友愛で結びついた、生きとし生けるもののいつ果てるとも知れない全世界的な歓喜が生き生きと描かれているようである。

しかしこの喜びには、何かこの世ならぬもの、人間を生と和解させるのではなく、ほんの一瞬、芸術と美という特殊な領域をなすあの輝かしい世界へと誘う、何か理想的な実現しがたいものがある。その世界から見ると、絶えざる悲しみに満ち、疑惑と叶わぬ望みに苦しめられる地上の世界が一層暗澹《あんたん》たる出口のないものに思われる。第九交響曲には幸福への確信を永久に失い、現実の世界から実現し難い夢想の世界へ、到達しがたい理想の王国へ去ってしまった偉大な天才の救いのない絶望の叫びが聞こえるのである（サハロワ編『チャイコフスキー――文学遺産と同時代人の回想』岩田貴訳、群像社より引用）」。

ベートーヴェンは、地上の幸福を得ることができなかったから、高い理想の王国に昇って行ったのであろうか。私はむしろ世俗的な幸不幸とは無関係に、中期様式に満足できなくなった天才ベートーヴェンが、苦闘の結果、壮大な宇宙のような円熟した境地に至った成果が後期様式であると考えている。

(二) ドン・ジョバンニ

『ドン・ジョバンニ』が来る、というので私たちの下宿は色めき立った。当時私は上京区の西陣に間借りしていた。友人のSも向かいの部屋を借りていて、肴を買い込んで酒を飲みながらよく音楽の話をしたものだ。この辺を歩くと方々で西陣織の機織の音が聞こえてきた。窓を開け放すと、民家の瓦屋根の向こうに鷹峯の丸い稜線が見え、豆腐屋の笛の音が聞こえてくるなど、実にのどかであった。初夏の頃など、私はよく昼間から部屋で酔いつぶれて、窓から入ってくる風の匂いを楽しんだものである。その頃私は若かったせいもあり、いずれはこの律儀で市民的で陳腐な生活を清算して、全く気ままで自由で放浪的な生き方を始めようと夢見ていた。

「旅と酒と音楽と」というような生活を。

公演のある9月末までの1カ月間、なけなしの金を払って『ドン・ジョバンニ』のレコードを買い、曲と台本を研究した。オペラは初めてであったので、今でも当時の興奮と充実感を覚えている。演奏は確かミュンヘン・オペラであったように記憶している。特筆すべきはフランツ・クラスがまだ健在で素晴らしい石像を聴かせてくれたことだ（1975年当時）。最後の場面の石像の歌い手は極めて重要で、ここで腰砕けになると全体がぶち壊しになる。恐ろしい音楽が鳴り響く中、彼は微動だにせず、ドン・ジョバンニと対決する。フランツ・クラスが我々にドイツの良き時代の名残を伝えてくれたのであった。おそらく同じ水準の『ドン・ジョバンニ』は今後二度と聴けまいと確信している。

このオペラがヘルマン・ヘッセの小説『荒野のおおかみ』に出てきて、19世紀末以後の人の古典主義渇望というものを、私は最初に知ったのだった。当時私はベートーヴェン、ブラームスの音楽をなによりも大切にし、尊敬していたので、ロマン主義音楽に対する疑惑などと言っても理解できなかった。モーツァルトの透き通った美しさに魅入られたのは、もう少し年を食ってからであった。若い時は時代が近いほど、むしろ理解しやすいのかも知れない。

【ドン・ジョバンニについて、そして古典主義渇望と今日の時代について】

『ドン・ジョバンニ』というオペラは何と言っても最後の場面に尽きるのではないか。序曲にそれがすでに暗示されている。多くの美しいアリアや第1幕の舞踊の音楽など、全編が音楽的魅力に溢れているが、あらゆる場面、音楽は最後の場面に向かって進行していく。ちょうど人生が、死に向かって突き進んで行くように。ドン・ジョバンニが改心を迫る石像の威圧に屈せずに、自分の本性を貫き地獄に落ちるわけだが、ここでドン・ジョバンニが悔い改めれば勿論このオペラは成立しない。

「……レポレロはもうひざまずいている。素晴らしい場面だ。音楽も聴けるじゃないか。それはまだ非常に人間的なものをいろいろと内面に持っているが、すでに彼岸が、笑いが感じ取られるじゃないか。……（ヘルマン・ヘッセ『荒野のおおかみ』高橋健二訳、新潮文庫より）」

ドン・ジョバンニは陰険な悪党でありながら三枚目でもあり、極めて男らしく英雄的である半面、喜劇的な性格も合わせ持つ。それ故にこのオペラの中で生と死に関わる劇的さと滑稽さが描き尽くされている。ドン・ジョバンニとレポレロとの軽妙なやり取りは、後世の喜劇の原型のように私には思える。

古典主義渇望というニーチェにさかのぼる思潮は、皮肉にもリヒャルト・ワーグナーが絶頂を極めた頃から始まる。これはベートーヴェンから後期ロマン主義に至る音楽が最も尊敬されていた当時をはるかに先駆けるものだった。同じ苦悩を背負った同時代人からの逃避と言えなくもないが、欧州の破局が近付くほど、モーツァルトの和声的に均整の取れた、音楽の法則そのものとも言える自然で伸びやかな音楽は、古き良き時代への郷愁を呼び起こさずにはいられなかったことだろう。「……私はすべての浪漫主義音楽、精神から謹厳さと明朗さを奪い、あらゆる種類のもやもやした憧憬や浮ついた欲望を繁殖させる、これら曖昧で法螺吹きでうっとうしい芸術を自分に禁じることから始めた……（ニーチェ『人間的な、あまりに人間的な』阿部六郎訳、新潮社より）。」

ワーグナーからグスタフ・マーラー、リヒャルト・シュトラウス、マックス・レーガー、アルバン・ベルクへと半音階進行と不協和音が進んで調性の崩壊に至る過程は、近代史の中でも狂気に満ちたペシミズムの時代であった。その中に首まで浸かっている人々にとって、クープラン、ラモー、セバスチアン・バッハ、モーツァルトの音楽はまさに天上の音楽、彼岸からの伝言に他ならなかった。「……セバスチアン・バッハの平均律ピアノ曲集の中のいたるところに、冷たい星のように明るく輝き、明るい澄み切ったエーテルが振動しているように思われた。この音楽から超人間的な明朗さ、神々しい永遠の笑いが果てしなく聞こえてきた。……（ヘルマン・ヘッセ『荒野のおおかみ』高橋健二訳、新潮文庫より）」

今日西欧に限らず地球全体が同じ矛盾に悩んでいる。何処に生まれようと、物心付けば没落する西洋のペシミズムの延長線上に、否応無く投げ出されてしまう。西洋的というよりも全世界的というべきかも知れない。二度の世界大戦でお互いの文化的祖地を破壊し合った後、第三次世界大戦の危機に怯え、さらに冷戦が終了したがロシア帝国の再現、および中国の膨張主義という悪夢が世界を圧迫している。民族間の軋轢と血を流す宗教が、至る所で紛争を起こしている。相変わらず人間の増えすぎと、制御不可能になった機械文明が人類の存続を危ういものにしている。しかし百年も同じことに悩むよりも、むしろ感覚を麻痺させる方が容易である。人々はペシミズムに直面することに疲れて、考えることを放棄して利那的享楽を求める。第一次世界大戦後ヨーロッパに拡がったアメリカ的享楽主義は、今や全世界に拡大した。

我々にとっても古典主義渇望とは無関係ではない。モーツァルトの天上の音楽を聴くと、満たされた気分になる時がある。調性が破壊された陰鬱な現代音楽は、少なくとも私は進んで聴こうとは思わない。またロマン主義に対する不信感も、十分理解し共感する時も有る。「浪漫主義音楽に復讐するに足るほど放逸で南方的で健康な音楽」は、結局のところ現れなかった。ニーチェはある意味で『カルメン』を絶賛したが、これを私はアイロニーであったと考えている。ニーチェはデカダンスと称したワーグナーの音楽を、心の奥では愛していたからである。ニーチェが欧州の破局を予感して、別の新しい芸術を待ち望んだことは実に真実味に溢れているが、我々は唯一眼前に残された芸術に対する尊敬と愛情を持つ以外に、為すべきことは何も無いのである。

(三) ワルキューレ（1990年代）

東京へオペラを聴きに出かけた。ドイツ有数の歌劇場の公演である。東京で『ワルキューレ』、横浜で『ヴォツェック』と二晩連続である。演出にはきっと失望するだろうと思いながらも、『ヴォツェック』は初めてだし、一方『指輪』をもう一度研究するつもりで出かけた。同時にニーチェが何故ワーグナーの死後、あれほど厳しい攻撃をしなければならなかったのか、再考したい気にもなったからである。

昼食後、京都を離れて、新幹線で東京まで。皇居の横のホテルにともかく荷物を置いて、休む間もなく中央線に飛び乗った。代々木で下車、相変わらず若者の群れや油と小麦の焦げた匂いのする露店などをすり抜けて雑踏を急いだ。国立競技場の切符をヤミで売る男には関わり合わないように、紅葉した木々のある広場を歩いてオペラ劇場に着いた。

今夜は夕食を済ませる時間がなかったので、30分の幕間に売店に出かけた。しばらく並んでも、赤ワインにサンドウィッチの夕食は幕間で十分済ませることが出来た。外に出ると露店のガスボンベの音が、暗やみから聞こえてくる。その間も『ワルキューレ』の第一幕の音楽が耳に鳴り響いている。そしてヴォータンの戦慄すべき裏切りに対して、今回も判然としない気持ちでいる。ジークムントのノートゥングを砕いたヴォータンの槍が、後にジークフリートにへし折られる羽目になるのだが、二人の違いは一体何処にあるのか。ジークムントはヴォータンの思惑とは食い違い、神々の宿業から自由ではなかったのに対して、ジークフリートは知恵がない分だけ恐れも知らず自由であったということになっている。しかしジークフリートがヴォータンの槍に刀を折られなかったのは、結局のところジークムントとの腕力の相違ではないのか。あるいはジークフリートの怪力で鍛え直したノートゥングには、ヴォータンの神通力も通用しないというわけか。

今回も演出家が非音楽的だと思う端的な一例を挙げる。

第一幕でジークリンデが、立ち去ろうとするジークムントの背後から叫ぶ場面である。

So bleibe here! Nicht bringst du Unheil dahin, wo Unheil shone im Hause bewohnt.（ここにとどまってください、すでに不幸の棲む家に、あなたが不幸を持ち込みはしない。）

この場面の音楽は非常に感動的で訴える力がある。救済のモチーフに匹敵するほどである。後ろから呼びかけるだけで十分で、余計な動作は要らない。それをジークリンデ役がジークムントの前に回って肩を押さえて引き留めるのである。まるでサイレント映画のように大仰な身振りである。この場面ひとつ採っても、演出家が音楽をよく理解していないから、余計な付け足しをするのである。

そしてジークムントの服装である。何か宇宙服のようなズボンを履いている。それを見て、きっと近い将来にはジーパンを履いたジークムントが登場するだろうと思った。また将来、ワルキューレ達がオートバイに乗って舞台を走り回ったとしても、私は決して驚きも悲しみも感じないだろう。演出に時代の新しさを出すという、彼らのすることは所詮そんな程度だろう。

彼らはワーグナーの神話の舞台道具を、現代の風俗や喫茶店や機械に置き換えることが、時代の新しさを出すことだと思い込んでいる。

ところが最も問題にすべきは、我々現代人の精神的な問題との関わりである。現代人はこの地球上の何処に生まれようと、希望のない、生に倦み疲れた退廃的な土壌に否応なく投げ出される。それは疑いもなく、前世紀の西洋人の悩みの延長線上に有る。従って、19世紀末の芸術家の苦悩と葛藤、ニヒリズムとの闘い、その存在の疑わしさ、さらに音楽そのものが希望を失い、デカダンスにとって代わられたこと、しかもそれが我々にとって唯一の音楽史であるという事実。

軍神ヴォータンは黒い片目の目隠しをして、まるで海賊の親玉である。第二幕のヴォータンがブリュンヒルデを相手に、神々の終焉を望んでいると言う場面で、「die Ende」と叫んだときに、何と舞台のトネリコの大枝が折れて床にドスンと落ちたのである。客席から失笑が漏れたのは当然であろう。

第三幕の背景は電気仕掛けの格子である。幾何学的な格子の壁がピカピカ光る仕掛けである。私は最後まで『ワルキューレ』の舞台を見ているような気がしなかった。

公演が終わって落ち葉を踏んで、代々木公園を通り抜けて駅まで歩いた。今夜はホテル泊まりなので楽である。国電の中でも、いつものように夜行列車の時刻を気にしないで済んだ。あとは寝酒をして、茶を喫してベッドにもぐり込むだけである。

【ワルキューレおよびニーベルンクの指輪について】

この壮大なオペラでは、因果が巡って次々と禍を作り出し、結局は権力欲が神々および英雄、巨人、小人族を破滅に導いて行く。ヴォータンの野望と小手先の奸計、それに対して破壊工作が存在の本質であるアルベリヒは仇敵となり、その子孫たちの間に争いが繰り広げられる。アルベリヒは愛を呪って権力を手に入れようとし、ヴォータンの孫の最も高貴な英雄ジークフリートでさえ指輪の呪いから逃れられず、ブリュンヒルデとの呪われた愛のために命を落とす破目になる。つまり彼は愛なくして憎悪から生まれたアルベリヒの息子ハーゲンに殺害される。そのハーゲンもジークフリートの火葬場で、ラインの大波にのまれて滅びる。ヴォータンの野望の象徴ワルハラも炎上してすべてが滅びる。

個々の場面では素晴らしい音楽や魅惑的な筋があるにもかかわらず、結局はすべてがヴォータンの諦念と共に滅びるという結論のために、ワーグナーは果たして、この壮大なオペラを考えたのであろうか。神話を持ち込むことが、政治的意図があると解釈する人もあるが、私はそうは思わない。ただ単にワーグナーが神話によって民族の独自性を求めたのであろう。この辺り、いかにもナチスに利用されそうな気配を感じる。ただ、私はフランス人である、あるいは私はドイツ人であるという自覚は重要である。音楽にしろ、絵画にしろ、何処の国の人が作ったかというのは重大な情報である。愛国心もあって当然だと思う。それが偏狭で先鋭化すると戦争に繋がるのである。

『ワルキューレ』では、冒頭のジークムントとジークリンデの出会いの場面と愛の高揚が特筆に値する。この第一幕の音楽を全編中最も魅惑的な音楽だと言う人もいる。指導動機もまだ少なく、音楽の一貫性が自然な感じを与える。この場面は、双子の兄妹の近親相姦というすさまじい物語にもかかわらず、我々は二人の愛を祝福する気持ちになる。作曲者の時代では世間に対する大変な挑発であったに違いない。その二人からジークフリートという途方もない英雄が生まれ、しかもジークフリートは叔母に当たるブリュンヒルデと結婚する。ワーグナーが血の純血を強調する理由は、私にはよく解らない。途方もなく腕力が強く、しかも自由で恐れを知らない英雄は血の純血によって生まれ得るという作者の設定である。ただ、血の純血が後世のナチスに利用されたのは皮肉である。

ドイツ中世の叙事詩『ニーベルンゲンの歌』と比較して、ワーグナーが書き換えた部分を見ると、その意図が何となくわかるような気がする。原作の叙事詩ではジークムントは人間の王侯で、ジークフリートは近親相姦でも何でもなく、普通に王家に祝福されて生まれた英雄である。両親とも死別してはいない。そしてライン地方に武者修行に出てグンター、ハーゲンの一族に出会う。グンターの美しい妹クリエムヒルデがジークフリートの正妻となる。後にジークフリートがハーゲンにやみ討ちにされた後、彼女はブルグンドの王家に嫁いで、ジークフリートの仇を討つために、自分の兄弟親族のみでなく、嫁ぎ先の英雄のほとんど全員を死に至らしめ、自身もブルグンドの老剣術師範に殺されるというすさまじい話である。

ワーグナーの『指輪』では、武者修行に出かけたジークフリートが、ハーゲンの謀略によって忘却の魔酒を飲まされ、正妻ブリュンヒルデのことを忘れてしまい、グンターの妹グートルーネと結婚してしまう。ブリュンヒルデは怒り悲しみ、ハーゲンにジークフリートの弱点を教える。その結果、ジークフリートはハーゲンの槍で殺される。

ジークフリートの葬儀では、薪に火をつけたところへブリュンヒルデが愛馬と共に飛び込む。ブリュンヒルデの自己犠牲である。救済のモチーフが高らかに歌われる。その後、ライン川の水が全てを飲み込み、ハーゲンも滅びる。遠くではワルハラが燃えている。全てが滅びた後に、何か新しいものが生まれるのか、不明である。意思否定的な思想の影響も感じる。

劇の後の方になるほど、指導動機の数も増える。ワーグナーの指導動機はオペラの筋を理解する助けとなるが、音楽がつぎはぎだらけで不自然であるという批判も浴びた。

㈣ ヴォツェック（1990年代）

小雨に煙った皇居のお堀端のホテルで、白鳥と車の列を眺めながら午前中を過ごした。手もとには『ヴォツェック』の台本。頭の中は依然、昨日の『ワルキューレ』の旋律が流れている。しかしその現代アートのような舞台は早く忘れようと思っている。今日の『ヴォツェック』はどうだろうか。演出家はパトリス・シェローといって、かつてバイロイトを決定的に現代風に没落させた男だ。あまり多くは期待しない方が良いかも知れない。ただ『ヴォツェック』は19世紀のプロレタリア社会が舞台なので、その手の演出でも違和感が少ないかも知れない。ともかく一度『ヴォツェック』の舞台と進行を見ておきたかった。

ホテルには12時まで居られた。その後6時半の開演まで何処で時間を潰すか、また台本に目を通すことが出来るか、横浜の地図を見ながら考えていた。夜行列車に乗り遅れないために、荷物を預ける場所も思案しなければならないが、ともかく横浜に行って決めることにした。東京駅から二階建ての電車で横浜まで、そして根岸行きの電車に乗り換えて関内まで行った。そこで駅のコインロッカーに荷物を入れて、桜木町まで一駅戻った。駅から海岸ベタまでビルや広場が続いている。そこを歩いているのは女性たちとカップルがほとんどである。

私の目当ては横浜美術館である。今日は有名な画家の特別展がないので静かであった。常設展は大正時代の日本画と版画が大部分であった。

ここで現代人の複合コーナーレリーフを見ていると、ワーグナーの舞台に連中が持ち込んでいるのはこんな感覚なのだと思った。現代風喫茶店のような、巨大な電熱器のような、原子力発電所のような、あるいは宇宙船のような、また人工衛星の発射基地のような舞台道具を、バイロイトに持ち込んで自己満足している連中。この手の似非教養人たちはなんと無意味な存在であろう。直線的な金属や抽象的な形の木切れが、ワーグナーのオペラとなんの関係があるだろう。

8階に展望喫茶店があり、ここが私の良き居場所になった。大気は煙っているので眺望が利かないが、セルフサービスで人も少なく、いつまで居ても良いところであった。ビールとサンドウィッチを食べて、台本に目を通しているうちに、快い眠りに落ちてしまった。安い出費で仮眠まで出来たのであった。

4時半にこの心地よい場所を捨てて外に出た。雨は上がって傘はなくてよかった。ビルの間の広場は木をライトアップしてカップルや家族連れのたまり場になっている。中でも最も背の高いビルは途中から濃霧の中に消えてしまっている。その辺りから会場の県民ホールまで海岸を歩いて30分ほどだった。まだ時間があるので宵やみの山下公園で海と船を眺めていた。多数のカップルがベンチに座って海を眺めている。私もまだ濡れているベンチの一端に腰を下ろして、暗い海を眺めていた。遠くからにぎやかな無数の光の群れが近付いてくるなと思っていると、実は旅客船であった。最近は船もライトアップする習慣になったようだ。しばらくして、見物にも飽きて街中のカフェーで時間を潰した。

『ヴォツェック』は3幕物だが、幕間なしで一気に上演してしまうのだった。全部で2時間足らずである。従って、夜行列車に遅れるどころか、帰ろうと思えば新幹線で今日中に京都まで帰れたのであった。

結果的には、今日の舞台は見ておいてよかった。ただし大いに不満はあったが。たとえばヴォツェックも鼓手長も大尉も似たような黄色の服を着ているが、何故職業も解らないほど服装を簡略化したがるのか理解できない。西洋の近代オペラで、台本を無視した簡略化に価値があるとはとても思えない。オペラの面白さの一面を剝ぎ落としているにすぎない。ヴォツェックは元々床屋で兵役に服しており、人のひげをそって生活費の足しにしている。そういう背景が少しも見えてこない。冒頭では大尉のひげを剃る場面を省略し、大尉が歩きながら「ヴォツェックもっとゆっくり」などと言っている。明らかに台本を歪曲しており、演出の領分を超えた行為である。

ともかくオペラが早く終わったのはよかった。幕間で日本人の小評論家たちの無駄話を耳にしなくて済んだ。夜行列車が出るまでの間、ゆっくり中華料理を食べられる。ところがそれからの話はあまりうまくなかった。夜行列車の寝台で眠るまでに、ヴォツェックの口癖の verdammt（こん畜生）を何度か繰り返す羽目になった。

横浜駅に出てホームで夜行の「銀河」を待っていた。発車間際になっても掲示板に名前が出ないし、放送による案内もない。ホームには駅員の姿もないので訊くことも出来ない。最近（1990年代）の都会の駅ではまずホームに駅員の姿を見ない。不安になって改札口で尋ねると、たしかにそのホームで良いという。もう一度切符をよく見ると、私が発車時刻を一時間早く勘違いしていたのだった。しかしその一時間を潰すのに居場所がない。駅の通路を歩いていると、階段には若者が沢山腰を下ろしている。いわゆるジベタリアンである。つばや痰の吐かれたコンクリートでも彼らは平気なのだ。時間を潰すのに、駅前のホテルのロビーでも良いと思ったが、適当なホテルもない。結局ホームのベンチに座っているしかない。幸いあまり寒くなかったので、今日のオペラの冊子を読んで時間を潰した。

【ヴォツェックについて】

作者のアルバン・ベルクは１８８５年に生まれ、１９３５年にウィーンで亡くなっている。『ヴォツェック』を完成したのが１９２１年であるのでリヒャルト・シュトラウスが活動していた頃とほぼ同時代の人である。アルバン・ベルクはシェーンベルクに師事しているのでグスタフ・マーラーの孫弟子にもあたる。

このオペラの最大の特徴は無調音楽によって書かれたことであろう。ロマン主義以降の音楽が半音階進行と、大胆な転調がどんどん進められた結果としての自然の成り行きであった。リヒャルト・ワーグナーの例えば『トリスタン』の中には、調性の分析が困難な部分もあるが、本質的に有調音楽である。無調音楽とは一言で言えば、階名で旋律を口ずさめない音楽のことである。有調音楽なら、ある調性のドレミをかぶせて歌えるはずである。有調音楽の限界は多分グスタフ・マーラーの『第十交響曲（アダージョ）』のあたりではないか。因みにグスタフ・マーラーが没したのが１９１１年であった。

『ヴォツェック』の台本の作者ゲオルク・ビュヒナー（１８１３〜１８３７）は医学者であり、劇作家であり、革命家でもあった。１８３０年にパリで7月革命が勃発しヨーロッパに波及する。富裕な市民階級と貴族階級の対立の構図の後に現れたのは、無産階級と有産階級の対立であった。大都会では労働運動が活発になり、政府の弾圧も強まってきた。ゲオルク・ビュヒナーは労働運動に関与したために同志は逮捕され、自身は亡命し、その先でいくつかの戯曲を創った。一方解剖学者としても世に知られ、チューリッヒ大学に招聘されたりもしている。しかし腸チフスのために23歳の若さで世を去っている。

このゲオルク・ビュヒナーが関心を持った事件が、実際にあったヴォイツェックという殺人囚の裁判であった。元兵士で無職住所不定の男が愛人を殺害したが、精神障害者であったため責任能力の有無が論点になった。結局3年後に死刑が執行されたが、ビュヒナー自身は鑑定書を読んで判定に否定的な意見だったと言われる。

ベルクのヴォツェックの筋も大体似ている。下級兵士のヴォツェックは、本職の理髪師と、医師の人体実験のアルバイトで稼ぎながら、内縁の妻マリーと一人の男児を養っている。元々精神病的な性格だったが、医師の人体実験によって精神錯乱がより顕著になる。マリーはもとは街の娼婦だったと思われる。マリーは、男振りがよくて給料も良い鼓手長に反発しながらも惹かれ、彼と逢い引きを重ねる。それも半ば公然と、盛り場で踊ったりもして、ヴォツェックがそれを目撃する。兵舎で嫉妬のために眠れないヴォツェックの前に現れた鼓手長が、最近得た女、つまりマリーの自慢話をする。そしてヴォツエックに喧嘩を吹っかけて、押さえつけて力を誇示する。上司の大尉、医師、鼓手長などは、すべてヴォツェックを虐げる人物である。

マリーにも裏切られたヴォツェックには、ナイフでマリーの喉を刺すことしか残されていなかった。一方マリーは良心にとがめられ聖書を読むが、救いにはならなかった。しかしこの場面の音楽は、ヴォツェックの死後の場面転換の音楽と並んで、全編中最も美しい音楽である。

ヴォツェックはマリーを連れ出し、町外れの池のほとりで殺害する。この場面の全楽器によるクレッシェンドは、もはや音楽とは言えない。それが突如として酒場の音楽に変わる手法は実に見事である。シュネルル・ポルカと呼ばれるダンス音楽のピアノは、もはやジャズと区別がつかない。

ヴォツェックは街の女と踊ったり、興奮して話したりしているが、手や肘に血が付いていることを追及され、酒場から走り出し池のほとりにたどり着く。ナイフを池の遠くに投げ捨てて、精神錯乱のうちに溺死する。ここの場面転換の音楽は比較的調性がはっきりしており、奥行きのある空間を感じさせる。有調音楽への郷愁もあるかも知れない。晩年のグスタフ・マーラーの嘆きも聞こえてこないだろうか。

アルバン・ベルクの代表的な二作『ヴォツェック』と『ルル』は、いずれも身も心も貧しく、社会的に最下層の人間が主人公である。「心の貧しい人は幸いである、なぜなら神の国は彼らのためにあるのだから」という聖書の言葉を思い起こさせる。それが男なら精神錯乱気味で、貧困の末に嫉妬から愛人を殺害する。女の場合、貧困から肉体を武器に世を渡り、多くの愛人を死なせた末、自身も強盗に殺害されるという筋立てである。

ここで注意すべきは、アルバン・ベルクはこれら登場人物を愛情深く見つめてはいるが、その社会性がこれらのオペラの本質と考えるのは誤りである。重要なのはオペラにおける音楽の優位性である。すなわち、これらの登場人物がアルバン・ベルクの無調音楽に合う題材であったと考えるべきである。モーツァルトの珠玉の音楽が、18世紀の華やかな貴族や素朴な庶民の台詞に合うとすれば、瓦礫のような無調音楽に合うのは、20世紀の身も心も貧しい社会的下層民ということになるのであろう。

ヴォツェックの音楽の構成は独特である。場面ごとに組曲、パッサカリア、インヴェンション、五楽章の交響曲などの形式をとっている。無調音楽にバッハの時代の古い音楽様式の名前を被せたのはどういう意図であろうか。オペラの流れを、リヒャルト・ワーグナーの場合のような無限旋律を用いずに、切れ目なく進めるために、あえてそのような構成にしたのか。しかし実際に音楽を聴いていて、そのような形式を聞き取るのは不可能に近いと思われる。

あとがき

臨終の地、クシナーラーを目指したブッダが、ヴェーサーリを去る時、峠から街を眺めて詠嘆された。この地上の王国は美しく、人生は甘美であると。それが無明による葛藤のために、人生が濁ったり、台無しにされたりする。つまり生存の本能に盲目的に従う、無常であるものを常なるものと思う、我がものでないものを我がものと思う、それらによって苦悩が生じる。あるいは、道を踏み外す。ブッダが語る真理の言葉の通りである。現代人にとって原始仏典は非常に多くの智慧を与えてくれる。もっと広く日本人の心に浸透すべきである。

ただ、筆者は肉や魚介を食べるし、酒も飲んできた。戒律は全部守れるわけではない。著書によって原始仏典の魅力を伝えたいが、下手に講釈すると「道を汚す者」になってしまわないか恐れる。スッタニパータの「チュンダ」に、修業者には、四種類あると説かれている。「道による勝者」、「道を説く者」、「道において生活する者」、「道を汚す者」である。せめて、「道において生活する者」でありたいと思っている。

ゲーテの時代より、学問は大世界（宇宙）と小世界（人間）の探求であると言われてきた。自然科学の進歩により、生物がいかに進化し、自己増殖がいかに行われるか解明されてきた。もちろん人間もその一環である。しかし、産業革命後、資本主義の発達とグローバリゼーションが必ずしも人類を幸福にはしなかった。行き詰まった西洋人は、東洋に関心を持ち、20世紀には、原始仏典や、漢詩、禅の書物などが、翻訳されて西洋に普及した。その以前に日本の浮世絵や陶磁器は19世紀後半から西洋に持ち込まれていた。

日本は幕末以来、急速に西洋の文物を導入し、江戸期までの日本文化が等閑にされがちだった。最近はそれも落ち着いて、日本文化が再認識されているように思う。また、美術館やコンサートホールに足を運ぶことによって、人類の偉大な文化に触れることはできよう。さらに、印刷技術や録音技術の進歩により、身近に優れた文化に触れることもできる。

しかし、我々は決して幸福な時代に生きているわけではない。むしろ世界的には人口の増加と、制御不能になった科学技術のために、実に不安定な、争いの多い険悪な時代を生きている。しかもグローバル企業によって、兵器なしで簡単に植民地にされる時代である。日本の農林業、漁業や水が狙われているのに、ほとんどの日本人は気がつかない。為政者はアメリカの企業を利するために、着々と法律を変えていっているのに、警鐘を鳴らす人は少ない。古代インドの文献にすでに、善政とは農民には種子を供与することと書かれている。種子法によってそれが行われていたのを廃止し、長年培ってきた種子の情報（知的財産）を外国企業に軽々しく公開できるようにした。将来企業は争って日本のコメの種子の特許をとるだろう。その上種苗法によって、日本の農家が自前の種子を使用することも禁じられる。外国企業から、高い特許料を払って種子を買わねばならなくなる。家族農業は崩壊し、美しい棚田の風景も消滅するであろう。まさに稲作にまつわる日本の文化が破壊されようとしている。外国の農業ビジネスに日本を明け渡す勢力は、売国奴と言わずして何と言おうか。幸いトランプ大統領のアメリカがTPPに参加しなかったために、この悪制度が一時停止しているだけである。

漁業でも同じことが進行している。新規参入企業は、食の品質、安全性、多様性、および環境保全など意に介さず、利益のみを追求する。その結果、漁業者は排除され、海の荒廃が進行するであろう。勿論、地域経済に何のメリットもない。「規制緩和」が決して日本人を幸福にしないことを、早く覚るべきである。

フランスの歴史人口学者エマニュエル・トッドによれば、規制緩和を支持する人たちは、思考が停止した官僚と、偽善者であるという。偽善者とは、国の制度や金を使って、自分のビジネスに利する人たちである。一例を挙げれば、小泉政権の規制緩和に貢献した経済財政政策担当大臣は、人材派遣会社のオーナーである。明らかに利益相反行為である。規制緩和が非正規雇用を増やし、ワーキングプアが増えて、それが人口減少に拍車をかけ、日本の将来にとって由々しき事態に陥ったことは、周知の事実である。

長くなったが、本文で言い足りなかったことを補足したい。

＊

地球環境も悪化の一方で、人類の終焉を予感する人もいる。偉大な人類の文化も、すでに過去の物になってしまった。そんな時代に生まれた我々に一体何ができるだろうか。全ては手探りの中で、何かに意義を見出す努力をするしかない。それはいかに日本の自然と伝統を守り、それから将来の子孫に、少しでも有益なことができないか、考えることではないだろうか。社会活動で言えば、夜まで居場所のない子供達や不登校児に居場所と夕食を提供し、教育も施すNPOは立派だと思う。また、移民に日本語を教えることは、彼らを日本の文化に同化させるために、非常に重要なことである。

なお、本編でも述べたが、筆者は人類の文化を研究して、西洋音楽には特別に魅せられた。奇跡ともいうべき人類の遺産である。本書は、音楽の話が主要部分を占める。しかし第一次世界大戦のあたりから、音楽芸術は変貌し、第二次世界大戦後は、芸術を生み出す土壌は消滅した。また、東洋人である筆者には音楽を個人的に再現することはできても、新たに何かを創造することはできない。

明治以後、日本の国土は文明によって傷付けられたが、それでもなお日本の国土は美しく、訪れるのは喜びである。その気持ちは間違いなく、芭蕉の俳文や広重の浮世絵に通じるものがある。それを表現できたら良いと思った。評論と合わせて、日本語の良い文章を書きたいという、ただそれだけが筆者の願いである。

最後に本書の出版に際し、ご助力、ご助言をいただいた、東京図書出版の皆様に謝意を表します。

歌川　亮介（うたがわ　りょうすけ）

医師、西洋及び東洋文化研究者。1953年兵庫県生まれ。京都府立医科大学医学科卒業。診療と臨床研究の傍ら、ピアノとチェンバロを研鑽。西洋の芸術、思想、原始仏典、中国の禅の経典などを研究。趣味はサイクリング、マリンアクアリウム、庭仕事、将棋。

旅と酒と音楽と
私の人間探求

2019年12月31日　初版第１刷発行

著　　者　歌川亮介
発 行 者　中田典昭
発 行 所　東京図書出版
発行発売　株式会社 リフレ出版
〒113-0021　東京都文京区本駒込 3-10-4
電話 (03)3823-9171　FAX 0120-41-8080
印　　刷　株式会社 ブレイン

ISBN978-4-86641-287-0 C0095
Printed in Japan 2019
落丁・乱丁はお取替えいたします。

ご意見、ご感想をお寄せ下さい。
［宛先］〒113-0021　東京都文京区本駒込 3-10-4
東京図書出版